「終わりじゃな。
ヒカルの勝ちじゃ」
JN053141
察知されない最強職《ルール・ブレイカー》
10
Yasuaki Mikami
三上康明
illustration
八城惺架

ラヴィアの魔法で、
毒虫を焼き払い、
アンデッドモンスターを焼き払い、
ついでに巨大なイノシシも焼き払った。

一本の串の先には赤色のインクがついている。
串を握りしめたまま
「むむむむ……」
と唸《うな》っているのはフレアだった。

「アイツは……
いったいなにを!?」
消えた杯を スケア が持っている。

『今《こん》生《じょう》に別れを告げ、
光ある来世へと歩め……』
描かれた十字の線がまばゆい光を放つ。
いくつもの光の珠が
ポーラがかざした手のひらへと
移動していく。

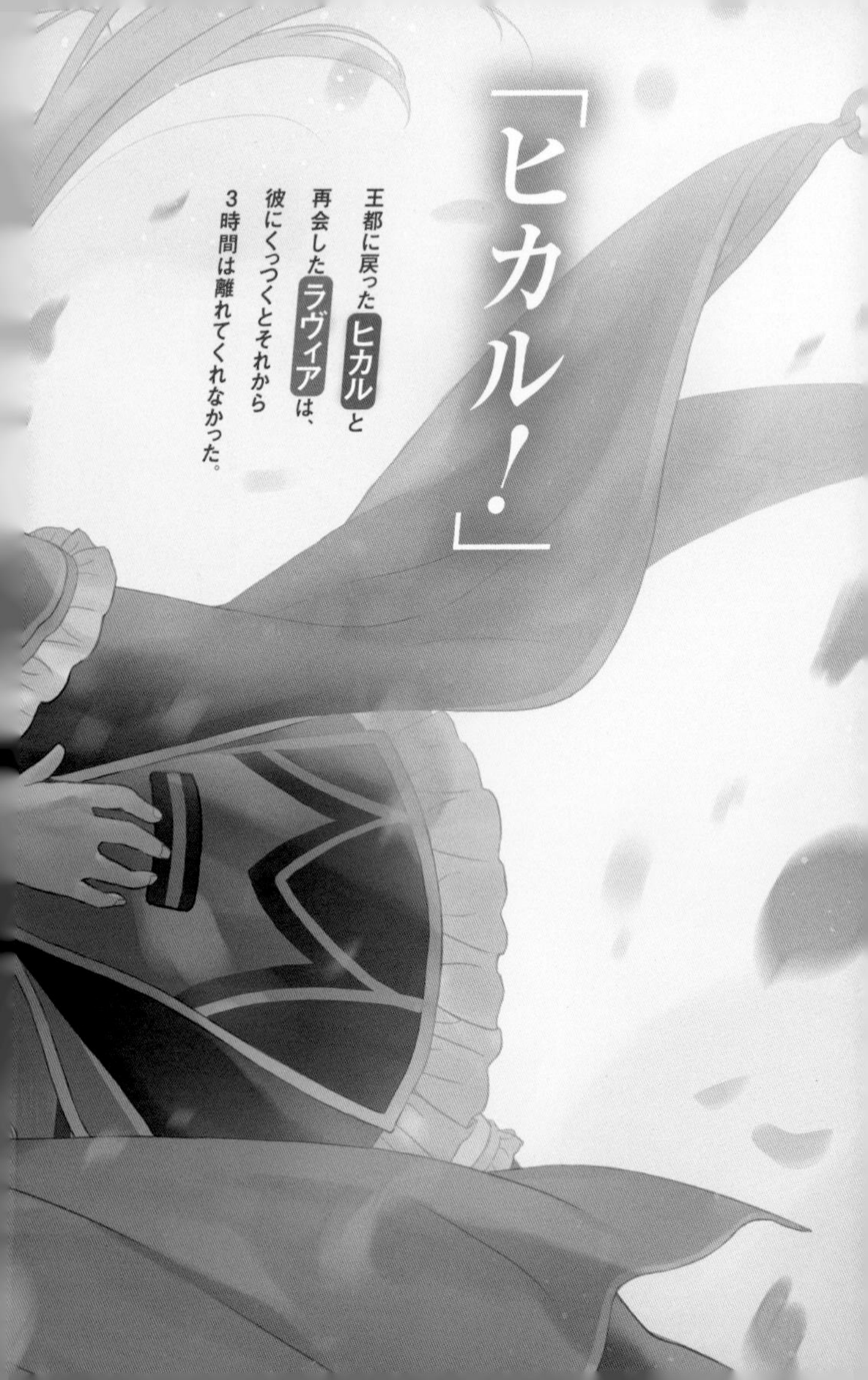
「ヒカル！」
王都に戻ったヒカルと
再会したラヴィアは、
彼にくっつくとそれから
3時間は離れてくれなかった。

INTRODUCTION

美味しいダンジョンの悲劇

10

ダンジョンへ向かうヒカルたちが出会った
ランクAパーティー「灼熱《しゃくねつ》のゴブレット」。
リーダーのザッパはなぜかヒカルを気に入り、
パーティーに入れようとする。
だが、メンバーは当然面白いわけもなく、スケアという
少年もヒカルに対して冷たい態度で接してきた。
一行はトラブルの気配をはらんだまま、
僻地《へきち》の山中にある湖畔《こはん》のダンジョンに到着する。
近くの集落には「人魚」にまつわる悲恋の物語が伝えられ、
そしてダンジョン内に出現するのは「半魚人」のモンスターだった。
このふたつには何か関連がありそうだったが、
ヒカルは確証を得られなかった。
謎や伝承など気にも留めないザッパたちは、面倒な調査などせず、
ダンジョンを征服するべく果敢《かかん》に内部へと飛び込んでいく。
ランクAパーティーはさすがに強く、
モンスターを蹴散らして奥へと進む。
問題はなにもない、単純で「美味しい」ダンジョンのはず……
だというのに、その「悲劇」は誰しもが
予期せぬタイミングで起きたのだった。

察知されない最強職《ルール・ブレイカー》 10

三上康明

ヒーロー文庫

察知されない最強職《ルール・ブレイカー》 10

illustration 八城惺架

CONTENTS

プロローグ　それは混沌《こんとん》を生み出し、あらゆる欲深き者を魅了する　005

第　39　章　国境の時限爆弾と冒険者ギルド受付嬢の心配事　019

第　40　章　受付嬢は争わず、ただ駆け引きをするのみ　070

第　41　章　伝承とダンジョン、人魚と半魚人　137

第　42　章　英雄が死すとも、湖の美しさは変わらない　185

エピローグ　日本は日本で大変です　246

イラスト／八城惺架
装丁・本文デザイン／5GAS DESIGN STUDIO
校正／福島典子（東京出版サービスセンター）
DTP／伊大知桂子（主婦の友社）

この物語は、小説投稿サイト「小説家になろう」で
発表された同名作品に、書籍化にあたって
大幅に加筆修正を加えたフィクションです。
実在の人物・団体等とは関係ありません。

プロローグ　それは混沌《こんとん》を生み出し、あらゆる欲深き者を魅了する

身体の奥からむずむずするような感触が生まれ、震えとともに自分自身が一段上へと引き上げられたような思いがする——それこそが「魂の位階」が上がったという感覚だった。

気持ちがいいとも悪いとも言えず、強いていうなら「不思議な感じ」としか言えないのだが、

「……悪くない」

とラヴィアは言った。

「そう？　僕は何度経験しても慣れないんだよね」

「私もです」

ヒカルとポーラが答えた。

ここはポーンソニア王国から少し離れた森の中だ。ラヴィアの魔法で、大量発生していた毒虫を焼き払い、瘴気《しょうき》の集まる沼地から生まれたアンデッドモンスターを焼き払い、ついでに巨大なイノシシも焼き払った。

魔法のコントロールは絶好調で、山火事になるようなこともなく順調にモンスターを倒していく。

そうしてラヴィアの「魂の位階」は3日かけて4つ上がった。

【ソウルボード】ラヴィア　年齢14／位階26／0

【生命力】

【免疫】―【毒素免疫】3

【スタミナ】1

【魔力】

【魔力量】11―【魔力の理】2／【精霊適性】―【火】5

【敏捷性《びんしょうせい》】

【隠密《おんみつ》】―【知覚遮断】3

【精神力】

【信仰】―【聖】3

【直感】

【知性】―【言語理解】1／【言語出力】1

ラヴィアが望んだのは「直感」項目にある「言語理解」と「言語出力」だ。本気で日本語を勉強するつもりらしい。

前回日本に渡ったとき、ヒカルは両親と再会した。ヒカルが考えていたよりもずっと親は子どもっぽくて、子どもであるはずのヒカルは大人のように振る舞っていた。混乱はしたし、いまだに過去を――両親がヒカルをいないもののように扱っていた記憶を――持て余してしまうのだけれど、それでも「また来る」という約束をした。

ヒカルの知らないところでラヴィアは「東方四星」のサーラから簡単な日本語を教わっていたし、帰り際に日本語教本まで受け取っていた。

すでにひらがなは読めるようになっているし、「言語理解」が加わったおかげで日本語習得スピードはさらに速まりそうだ。

「――それじゃ、女王陛下に会ってくるね」

王都のホテルに戻ったヒカルは「白銀の貌《シルバーフェイス》」スタイルに着替えていた。

「ん。いってらっしゃい」

「お気を付けて！　とは言うものの、女王陛下にこんなに気軽に会いに行っていいのでしょうか……」

とポーラが言っていたが、ヒカルはもはやそんなことは気にしなくなっていた。ラヴィアに至ってはすでに部屋着に着替えて日本語教本を読み始めている。加えて言えば今回は女王がヒカルを呼んだのだ。

　呼んだ、といってもシルバーフェイスの正体や居所がバレたわけではない。王都の新聞に掲載された1行広告を見つけたのはヒカルだった。

『銀の仮面を集めています。——深窓の魔術研究家』

　連絡先もなければどんな「仮面」なのかもわからないが、それだけでヒカルはクジャストリアが自分を呼んでいるのだと気がついた。なかなかスマートなやり方だ。

　よくよく考えればヒカルはクジャストリア女王を訪問することはできるが、逆はできない。女王なりに連絡方法を考えたのだろう。

（呼ばれた理由は大方、ダンジョンのことだろうな）

　ヒカルはそう当たりをつけている。

　冒険者として活動拠点をポーンドに戻そうと思っていた矢先、世界各地でダンジョンが出現するという奇妙な現象が起きていた。未曾有《みぞう》の事態に冒険者ギルドは大わらわという感じで、それを邪魔するのも忍びないからヒカルたちは早々に王都へと引き上げていた。

　もしポーンドを拠点に冒険者として活動するとしても、あちらのギルドはダンジョン対応で手一杯だろうし、王都のほうがギルドの規模がはるかに大きく余裕がある。

　さらに王都にはラヴィアには読み切れないほどたくさんの本があり、ポーラには回りきれないほど多くの教会や治療院がある。

（「東方四星」のアパートメントも放置しっぱなしだな……一度行って様子を見てこようかな。王都の滞在費もバカにならないし、そこで暮らせるなら経済的にはだいぶ楽だ）

そんなことを考えながら、ヒカルは王家にだけ伝わる秘密の通路を抜けてクジャストリアの私室へとやってきた。

夜も更けていて、クジャストリアはすでに寝床に入っていた。この時間なら仕事をしていることも多いのだが——執務がうまく片付いたから早く眠れたのか、あるいは疲れ切ったせいなのか。

窓から射し込む月光がベッドを照らしている。

クジャストリアの寝顔は、女王としての威厳なんてものはまったくなくて、どこかあどけなささえ感じられた。

（……また明日来るか）

彼女を起こすこともないだろうとヒカルがベッドから離れたときだった。

「シルバーフェイス……？」

声に、どきりとした。

「……来ていたのですね」

振り返ると、クジャストリアが半身を起こしていた。

なぜ——という疑問が拭えない。ヒカルはずっと「隠密《おんみつ》」を発動していた。それなのにクジャストリアは目が覚めた？

（そうか、僕がベッドから離れて距離ができたから、残り香みたいなものを感じ取ったのか）

「隠密《おんみつ》」はヒカルの存在を察知させなくすることができるが、万能な代物ではない。足跡を残したら追跡されるし、ニオイや音も離れたところならば気づかれる。

「起こしてしまったか？」

ヒカルは「隠密」を解いた。

「まったく……あなたがいつ来るかわからないから、わたくしは寝るときの服装にだって気をつけなければいけないのですよ？」

「すまないな。だけど、あの新聞広告はなかなか面白い連絡方法だった」

「そうでしょう？　広告掲載を命じたときには従者から変な顔をされましたけれどね」

ベッドから出たクジャストリアは、肌が露出しない薄手のワンピースを着ていた。「部屋着」と言っても通じそうなものだが、きっとヒカルには想像もつかないような素材で作られた、目が飛び出るような金額の物なのだろう。

彼女は眠そうな顔でテーブルまでやってくると、魔導ランプの明かりを点《つ》ける。クジャストリアが腰を下ろした向かいのイスにヒカルも座った。

「――急に発生したダンジョンのことか？」

ヒカルが先に問うと、

「そのとおりです。あなたはどれくらい今回の件について知っていますか？」

「ほとんどなにも。新聞記事程度だよ」

王都には新聞社が数社あり、政治や外交の話なんてものは掲載されておらず、王都民が喜ぶようなゴシップや犯罪に関する記事がいちばん多い。次に多いのが経済や産業に関する記事で、その枠に冒険者やダンジョンのことも掲載されている。王都民の娯楽と実益を兼ねているものなのだ。

粗末な紙1枚だけで発行されているが、暇つぶしのひとつとして愛読している王都民は多い。

「おれが知っているのは……そうだな、見つかったダンジョンは18で、そのうちポーンソニア王国内にあるものは4つ、だったかな」

「最新の情報では総数22で、王国内には5つ……と、もうひとつ……」

「ん？　もうひとつってなんだ？」

「実はヴィレオセアンとの国境付近にダンジョンが発見され、国境線の内側なのか外側なのか調査しなければならないのです」

「ああ、なるほど……」

ダンジョンとて、国境線を気にしながら出現するわけでもあるまい。

「そこで、シルバーフェイス。あなたに来ていただいたのは他でもありません」

「踏破しろとか管理しろというのはナシだぞ？」

「えー」

「『えー』じゃない」

「むう」

「口を尖《とが》らせてもダメだ」

やたら子どもっぽい仕草だが、ヒカルはそれに付き合った。

想像することしかできないけれど、女王の地位にあるクジャストリアは日々強いプレッシャーに晒《さら》されているのだろうし、そんな「子どもっぽい仕草」を見せられる相手もシルバーフェイス以外にいないのではないだろうか。

彼女のストレスが少しでも減るのなら、茶番《ちゃばん》に付き合うのもやぶさかではなかった。

「あなたは自由気ままに、ひとりの女性の私室に侵入しているのですよ？　そんな非常識は許されるべきではありませんわ」

「その対価にダンジョンを踏破しろと？」

「はい！」

「じゃあもう来ないから、それでいいか？」

「ち、違います！　そういう意味ではありません！」

あわてて腰を浮かせるクジャストリアに、

「フッ」

「あ——もしかして、からかいました？」

「ああ。アンタには今まで何度かからかわれたことがあったな、と思い出してさ」

「ひどいです！」

今度は頬をふくらませている。

こうして見ると表情豊かなのだが、新聞などに掲出される彼女の肖像画はいつも冷たく取り澄まし、威厳たっぷりだ。

（どちらが本物のクジャストリア陛下なのかな。いや……どちらも本物なんだな）

彼女の女王としての威厳は本物だとヒカルは感じている。それが血の成せる業《わざ》なのか、そういう環境で育ったからこそなのかはわからないけれども、それでもクジャストリアは女王だ。そして年相応の少女でもある。

「——実は聖ビオス教導国から連絡がありました」

「ん？」

急に話が変わった。

「今回のダンジョン出現は、『地下の大穴』に関係するものだと……シルバーフェイスにそう伝えてほしいということでした」

ヒカルはハッとする。

(急に出現したダンジョンと、あの地下の大穴が関係しているということは――あの、謎の魔術が影響しているということか)

等間隔に並んだ巨石と、そこに刻まれた魔術を思い出す。

それ全体がひとつの魔術として稼働していた。

マンノームのマッドサイエンティストにして、最後には悪魔化して死亡したランナ。彼女は、巨石の魔術は世界の負のエネルギーを集めていると言っていた。世界中に「邪の瘴《しょう》気《き》」が蔓延《まんえん》しないように。

あの魔術は完全なものではなかったのだろう。なぜかと言えば、魔術から瘴気が噴き出ていたし、瘴気によって悪魔や不死系モンスターが生み出されていた。結果として大穴を封印せねばならず、それははるか昔のことで、天才マンノームのフナイたちの命を犠牲にすることで成し遂げられたことだった。

封印は解かれており、再封印を教皇ルヴァインは行ったのか、あるいはそれでは不十分だったのか――瘴気が大穴の外へと漏れ出た。

そう考えるのは自然なことだ。

あるいは、巨石の魔術そのものに不備が生じ、世界の負のエネルギーを吸収できなくなったということもあり得る。

いずれにしろ世界の邪のエネルギー吸収は滞り、封印されていた各地のダンジョンが出現した——。

「心当たりがあるようですね、シルバーフェイス」

「……確証はないがな。推測に推測を重ねても無駄なことだし、その件は俺とは関係ない」

正直なところ「大穴が原因だろう」というほとんど確信に近い感覚がある。ヒカルのソウルボードには「直感」3があるのだ。

でもあの件はルヴァインたち教会組織がなんとかするべき問題だし、そんなことにまで自分を巻き込まないでほしいと思うヒカルである。

全部関わっていたらキリがない。

「大体、命を懸けて挑まなければならないようなダンジョンを、ほいほい踏破できるわけないだろ」

「そうですか？　あなたならきっとできるのだろうと思っていましたが」

「……おれをなんだと思ってる」

少々呆《あき》れながらヒカルが問うと、クジャストリアは微笑《ほほえ》んだ。

「シルバーフェイス、でしょう？　その正体は不明ながら、残した業績は到底ひとりの人間が成し遂げたとは思えないほど巨大で……各国首脳が欲しがるほどの逸材」

ド直球の褒め言葉が来るとは思わず、ヒカルは思わず怯《ひる》んだ。

「それは……さっきおれがからかったことに対する仕返しか？」

「いいえ。わたくしが本心で話していることはあなたもわかっているでしょう？　貴族位や生涯使い切れないような黄金であなたを手中に収めることができるのならば、とっくにそうしているのにと思いますわ。わたくしだけでなく、カグライ皇帝やルヴァイン教皇もきっと同じように——」

「……関わりたくない候補ナンバーワンとナンバーツーだな、そのふたりは」

「ふふ。ですが、各国首脳からこれほどの賛辞を受けた人材は他にいないと思いますよ。あなたが思っているよりもずっと、あなたの行ったことは偉大です」

「もう帰る」

背筋がむずむずするような感覚に、ヒカルは立ち上がった。

「来るのも急なら帰るのも急ですね」

「アンタがくだらないことばかり言うからだ」

「くだらないなんてことはありません。一度、ちゃんと伝えておかなければと思ったのですよ、わたくしの心の内を」

クジャストリアも立ち上がり、魔導ランプを手に取った。

「わたくしはこの先どんなに絶望するようなことがあっても、あなたが成し遂げたことを思い出し、そして自らを奮い立たせることでしょう。あなたは……そう、暗闇に点《とも》るこの光のような存在です」

　魔導ランプを掲げ、秘密の通路への入口を照らした。

「今日は来てくださってありがとうございます。ルヴァイン教皇には、あなたにお話ししたことをわたくしから連絡しておきますわ。それと、ダンジョンについては実はわたくしもあまり心配しておりませんの。そこに財宝が眠っているかもしれないとなれば、貴族も冒険者も喜びますから」

「……それはそうだな。安心したよ」

「ふふ。自分の問題ではないという顔をしていたのに？」

「おあいにくさま。おれの顔は仮面によって見えないんだ」

　ヒカルは秘密の通路に入ると「隠密《おんみつ》」を発動した。

　確かに——巨石の魔術と、大穴の封印については気になっていた。

　ルヴァインは情報をちらつかせてシルバーフェイスを動かそうという腹だろう。どこまでいってもあの男は他人をうまく操ろうとするのだ。

　その意図がわかっていたとしても——自分が関与したことでこの世界のあり方みたいなものに影響を与えてしまったのではないかと、ヒカルは思ってしまうのである。

（……僕もだいぶお人好しだな。そんなことまで気にしていたら身が持たないとわかって

いるのに)

クジャストリアはダンジョンを「心配していない」と言った。

本心かどうかはわからないけれど、その言葉はシルバーフェイスに対する「だからあなたも心配しないで」というメッセージであることは明らかだった。

その気遣いは、ありがたかった。

第39章　国境の時限爆弾と冒険者ギルド受付嬢の心配事

「な、なんだこれは……」

ポーンソニア王国王都は広く巨大だ。

その中でも一握りのお金持ちしか住むことのできない高級住宅街があり、そこには5階建ての高級アパートメントまであり、ヒカルたちがいるのはそこだった。

「ウソだろ……」

整備された道路、清潔な街並み、おしゃれなエントランス。

階段で5階まで上がるのは少々骨が折れたけれど、それでも周囲より頭ひとつ高い建物となればさぞかし眺めはいいのだろう――とヒカルは期待していた。

そう、「東方四星」の所有しているアパートメントに今、ヒカルたちはちょうど入ったところだった。

「……なんだよこのゴミ屋敷はぁぁぁぁ！」

思わず叫んでしまった。

「東方四星」から預かっていた鍵でドアを開けたそこに見たのは、まるで着ていた持ち主がその場で消失してしまったかのごときブラウスだった。右袖がこちらに伸ばされたまま床に落ちている。その向こうにはスカートとタイツがくしゃっと落ちていて、片方しかないヒールの高いパンプスも転がっていた。

なぜか廊下の半分を塞ぐ形で置かれている観葉植物は枯れかけており、「わざと積んだのか？」と言いたくなるような形でピラミッド型にバッグが積まれている。

もちろんそのぶん狭くなった廊下には衣服が散乱して足の踏み場もない。

「どうなってるんだよ……泥棒にでも入られたのか？」

「それはないと思う。だってほら」

ヒカルが抜き足差し足で——服を踏まないようにするために——廊下を進むと、後から入ってきたラヴィアが玄関の壁に掛かっているネックレスを指差した。

3つほどぶら下がっており、本物らしい純金が鈍く輝いていた。

「…………」

泥棒に入られたんなら仕方ないなー、「東方四星」には同情しちゃうなー、とか自分の心を納得させようとしていたヒカルだったが、玄関に堂々と置かれている貴金属を泥棒が見逃すはずもない。つまるところこの惨状は「東方四星」メンバーの仕業である。

「アイツら……こんな家を任せようとしたのかよ」

現実を直視させられ、怒りがふつふつと湧き上がってくるヒカルである。

もういいや、こんな家は放っておいて帰ろう——と言いたいところなのだが、このアパートメントの位置は王都の中央部にあって、あらゆる施設へのアクセスがいい。

最近王都で気に入っているカフェやレストランがある繁華街に至近。

王都冒険者ギルドまで歩いて15分。

なによりラヴィアの大好きな図書館まで近い。

それでいて家賃が「タダ」とくれば……多少の問題には目をつぶるべきかもしれない。

いや、だからといって「東方四星」が散らかしたものを自分たちが片づけるのはどうなんだ……？

様々な思いがヒカルの脳裏をよぎる。

「うわぁ……」

廊下を進んでリビングルームにたどり着いたヒカルは、またもや呆《あき》れた声が口から漏れるのを止められなかった。

広々としたリビングだ。

大きめのローテーブルを囲むようにソファがあり、その場所は一段下がったところにあった。

バルコニーに通じる巨大な一枚ガラスはこの世界では超高級品なのだが、それは今はカーテンで閉じられている。

暖炉もどっしりとしていて立派だし――おそらく魔道具の暖炉なので火災の危険もないのだろう――壁に掛けられた絵画も風景画だが大きくて壮麗だった。

部屋の中央にぶら下がっている魔導シャンデリアも美しく、広い部屋の隅々まで光を投げかけている。

だけれども。

カーテンは薄汚れているし、ローテーブルには酒瓶が大量に転がっているし、壁の絵画が隠れるほどにまたもやバッグが積まれているし、魔導シャンデリアからはなぜかズボンがぶら下がっている。

「バカなのか、アイツら」

思わず罵声が口を突いて出た。

アホな学生のサークルの部室だってここまではじけないぞと言いたい。

もちろん床のあちこちに、今度はタオルや食べ物の包み紙などが散乱しているのでこちらもまた足の踏み場もない。

「不思議。こんなにゴミが散らかってるのにイヤなニオイがしない」

「あ、それはねラヴィアちゃん。きっとシュフィさんが浄化系の魔法をかけたからだと思うな。腐敗を遅らせたりできる魔法もあるんだよ」

「魔法の無駄遣い！」

ヒカルは思わず叫んでしまった。

「もういい！　僕は気にしないぞ！」

落ちているものを構わず踏みつけ、ずかずかと歩いていき、ヒカルはがばっとカーテンを開いた。

王都の空から太陽光が射し込んでくる。

「この家を全部掃除するぞー!!　要らないものは全部処分……」

目の前にはバルコニー。

そこには大量のゴミが積まれていた。

「…………」

雨に打たれ、風に吹かれ、かなり汚れていた。

「……あのバカどもぉぉぉぉぉ!!」

ヒカルは叫んだ。

後に、ラヴィアは語る。

——ヒカルが大声を上げたことは数えるほどしかないけれど、あのとき、「東方四星」のアパートメントで上げた声ほど、悲壮なものはなかったよね。

と。

掃除にはすさまじく時間がかかった。

ソウルボードの「筋力量」に2を振っているヒカルがゴミを運び出し、ラヴィアとポーラは部屋の整理に動く。一応女性の部屋だからヒカルが手を触れないほうがいい、みたいなことではあったのだけれど、これだけの汚部屋を見てなにか感情が湧くでもないヒカルである。

「だけど意外だよ。ソリューズさんは潔癖な印象だったのにこんなところに住んでたなんてさ」

ヒカルが言うとラヴィアが、

「いっしょに住んでなかったんだと思う」

「え？」

「空き部屋があったから。明らかに使われてる部屋はふたつだけだったの」

この散らかり具合に嫌気が差して、さっさと出て行ってしまうソリューズの姿がヒカルには容易に想像できた。

「2部屋……ってことはソリューズさんともうひとり、出てった人がいるってこと？」

「それはたぶんシュフィさんですね。修道女の部屋には必ずあるべき聖書や修道服の置かれた部屋がありませんでしたので」

とポーラ。

「教会にも居住区画があるので、シュフィさんはそちらにいらしたのではないでしょうか」

「ってことはこれだけ散らかしたのは」

「サーラさんとセリカさんのおふたり……だと思います」

「あんにゃろう……」

大体未成年が酒瓶転がしてるんじゃないよとヒカルは思うが、この世界では未成年という概念はないので、日本の法律をどうこう言っても仕方がない。

これだけ派手な暮らしをしておいて、日本に戻っても大丈夫なのだろうか？　いや、前回見たときにはエンジョイしていたっぽいしな……なんてことを考える。

「それはそうとヒカル。魔道具の魔石が切れそうなの」

魔道具のシャンデリアの明かりがチカチカしては消えそうになっている。

「ああ、替えを買わないといけないか。ちょっと行ってくるよ」

「行ってらっしゃい」

ヒカルが表に出ると日が傾き始めていたので、王都のメインストリートにある魔道具店へと急いだ。

「――いらっしゃいませ」

広々とした店内は明るく、魔道具が多く並んでいる。室内用の明かりや時計、湯沸かし器といった生活の魔道具はもちろん、巨大で、なにに使うのかわからない車輪や臼《うす》のようなものも置かれている。

奥には消耗品の魔石——精霊魔法石や霊石といったものが陳列されていた。

しかし、最近はこれらが高騰していることからかなり高めの価格設定だ。

（うーん、高いなぁ……。「四元精霊合一理論」を元にした魔術なら、安く大量の魔力を提供できるのに……まだ実用化されてないからなぁ……）

「魔力探知」を全開にして魔石の残魔力を確認していると、「なんなんだこの少年は」という目で店員がじろじろと見てくる。ヒカルもそれなりにちゃんとした服装をしてきたものの、むしろそれが目立っているようだ。魔道具師の使いっ走りなら店員も知っているが、この少年はそうではないし、魔術の研究員にしてはこぎれいな格好をしているし。

「——どうですか、景気は。今はどこに行ってもダンジョンダンジョンですからお忙しいのではありませんか」

「——確かに、そうですな。これで王都の経済も少しは回ればいいのですが」

そんな会話が聞こえてきた。片方はこの店の店員でもう片方は——冒険者ギルドの制服を着ているから、職員なのだろう。初老の男性だが、マスターとかの役付きではないはずだ。ヒカルも何度かギルドに顔を出しているが見たことがない顔なので、裏方の職員だろうと推測される。

「――精霊魔法石もだいぶ在庫が底をついてきておりまして」

「――わかっております。納入されたら最優先で市場に流すようにと、マスターも言っておりますから」

「――は、そうしていただけると手前どもも助かります」

型どおりの世間話か、と思いヒカルは選んだ精霊魔法石のお会計を済ませる。それを懐に入れたときに、店の入口から数人が入ってくるのが見えた。

(あの青色の制服は……王立魔術研究院の制服?)

男女兼用《ユニセックス》と言っても差し支えないほどに男女の差がない制服ではあるが、魔道具の置かれた棚の合間から見えたその顔をヒカルが忘れるはずもなかった。

「――市販の魔力測定器のレベルは相当上がっているんだって」

「――それを確認するのは構いませんが、はたして予算を使うほどでしょうか?」

「――そうだぞ。予算は有限だ。そして我らの時間も有限だ」

きまじめな雰囲気のふたりとともに入ってくる。

中央にいるのはアイビー＝フィ＝テイラー。テイラー男爵家の娘にして今は王立魔術研究院で働いている少女だ。ただしヒカルはいまだに彼女のことを「男」――アイビーの双子の兄だったアイザックだと思い込んでいるのだけれど。

(アイザック……こんなところで見かけるとは思わなかったな。でも、研究者たちには溶

け込んでいるみたいで安心だ）

向こうは仮面を外したヒカルを見たことがないのでバレる心配はなかったが、ヒカルとしてもこっそり様子をうかがう趣味もない。

「ああ、冒険者ギルドのノーランさんじゃありませんか」

「奇遇ですな、研究院の皆さん」

顔見知りだったのか、彼らが言葉をかわすのが聞こえた。
・・・アイザックをここでひと目見られてよかったな、くらいの気持ちでヒカルが店を出ようとしたときだった。
「先日お願いしていた遠距離通信の魔道具は必要なくなりました。実は、私ではなくヴィレオセアン国境まではポーンドのギルド職員が行くことになりまして」

ポーンド？

今、ポーンドと言ったか？

ヒカルは思わず立ち止まる。

「ああ、そうなんですね。……ポーンドとは、国境付近の町ですか？」

「いえいえ、違いますよ。王都の衛星都市です」

「衛星都市……？」

研究者のふたりが顔を見合わせていると、アイビーが、

「……王都から半日ほどの距離ですね」

と言った。その表情が複雑そうなのは、彼女の家の没落の原因である借金取り「バラスト一家」の本拠地がポーンドにあるということを思い出したからだ。

「そのとおりです。王都のギルドはダンジョンに関する情報収集で多忙を極めておりますから、衛星都市の人員を拝借することになりまして。そういえばヴィレオセアンの受付嬢とは面白い因縁があったような……」

「因縁、ですか？」

「ええ、そうなんです。ああ、いや、ギルドの内輪話で恐縮です。……おっと、そういえばそちらの方は初めてお目にかかりますな」

「あ、私は――」

アイビーが自己紹介をしようとしたとき、ふと店の扉が動いたような気がした。

「…………？」

「どうされました？」

「あ、いえ……。私はアイビーと申します。新人の魔術研究者です」

彼女が名乗ると、仲間の研究者たちが「そうなのです。彼女はすごいのですぞ」「若くしてこれほどの知見や研究技術を持っている者はなかなかおりませんぞ」と興奮して彼女を褒めた。

「………」

アイビーはもう一度店の扉を見た。

しかしそこには誰もいなかったし、気配もなかった。

◇

一本の串の先には赤色のインクがついている。

その串を握りしめたまま「むむむ……」と唸《うな》っているのはポーンドのギルド受付嬢のフレアだった。

「フレアちゃん。何度見ても結果は変わりませんよ……ごめんなさいね」

「い、いいえぇ、グロリアさん。これが公平なくじの結果だってことはわかっていますからぁ」

「まさか王都ギルドから仕事を振られるとは思っておらんかった……すまんな、フレア。ふだんなら断るところじゃが、今回のダンジョン騒動で世界中が混乱しておる。王都ギルドはポーンドよりもはるかに混乱しておってな……苦労を掛けてしまうが頼む」

「はい……ウンケンさん。私、がんばりますっ」

「無理はしないでね……？」

「ありがとうございますっ、オーロラさん。私がいない間、お忙しいと思いますけどぉ……よろしくお願いしますぅ」

先ほど、このギルドの建物の2階にあるウンケンの執務室でくじ引きが行われた。参加したのはフレア、グロリア、オーロラの受付嬢3人だった。

王都冒険者ギルドからの依頼は、まさにヴィレオセアン国境にあるダンジョンの調査。そのダンジョンが国境の「内側」なのか「外側」なのかの確認と、どのようなダンジョンなのかという基本情報を集めることだった。

ポーンソニア王国も海洋国家ヴィレオセアンも当然調査に乗り出しているが、ダンジョンのように「国益」に関わるものの場合は両者が一歩も退《ひ》かず、紛争に発展することもあり得る。そんな悲劇を防ぐために中立組織の冒険者ギルドが動くというわけだ。

ギルド職員の中でもなぜ「受付嬢」が調査に行くのかと言えば、受付嬢は各都市のギルドと直接コミュニケーションを取っているからやりやすいというのと、受付嬢自身が高度な測量、地図読み、文書作成ができるからだった。フレアが受付嬢採用試験を受けたときにも「こんなことまでできなきゃいけないの!?」と思ったものだが、こういうときにその能力は活かされるのである。

国境まで行くので往復1か月はかかるだろうし、危険も伴うことから「誰が調査に行くのか」についてはは公平にくじ引きで決められたのだった。

「よし、ではグロリアとオーロラは引き続き今日の業務を頼む。フレアには調査について説明するのでここに残ってくれ」

「はい。フレアちゃん、がんばってね」

「……失礼します」

グロリアとオーロラが出て行くとフレアとウンケンのふたりが残った。

くじをもう一度見て、フレアはため息をついた。

「そんなに行くのがイヤか？　最悪、ワシが代わりに行くという手もあるぞ」

「そ、それはやめてくださいぃ！　すみません、ちょっと不安を感じてしまっただけですので……」

「ふむ。確かに国境付近じゃがそれほどの危険はないはず……大型モンスターの目撃例もないような場所じゃしな」

「そのぅ……」

フレアは言い淀《よど》む。

「どうした？」

「……不安を感じるのは、いっしょに行く冒険者さんでぇ……」

「ふむ、そっちか」

ウンケンはようやくフレアの悩みの種に気がついた。長距離の移動ともなれば護衛を付けなければいけないのだが、それは必然的に冒険者に依頼を発注することになる。

冒険者の大半は男で、女の冒険者もいるにはいるが、このポーンドでギルド受付嬢の護衛を頼めるほどランクの高い女冒険者はいない。

そうなるとガサツで荒っぽい男の冒険者を連れて行くことになる。

「まあ……連中とてバカではない。さすがに受付嬢に手を出すような真似はせんと思うのじゃが……」

言いながらもウンケンは、「絶対にない」とは言い切れないのが自分でもわかっていてもどかしいところである。

「……ううむ、どうしたものかな」

腕組みして考えたウンケンは、ポン、と手を叩《たた》いた。

「そうじゃ。依頼は出すが、こちらで審査をしてはどうか？」

「審査……ですかぁ？」

「報酬を高めに設定すれば依頼を受けたいと思う冒険者も多かろう。であれば希望者をふるいに掛けて、まともそうな者を選ぶんじゃ」

「……そう、ですねぇ。そうしていただけるとありがたいですぅ」

「では早速手配をしよう」

「よろしくお願いします」

ウンケンの部屋を出たフレアは、しかしもう一度ため息をついた。

ウンケンが最大限気を遣って提案してくれたことはわかる。だとしても、ポーンドにいる冒険者はそもそも限られているのだから、ダメな候補者の中から少しだけマシな人間を選ぶ作業でしかないのだ。

「……ヒカルさんならぁ」

ふとフレアは、黒髪の冒険者のことを思った。

「ううん、それはできないですぅ……ヒカルさんはまだまだ新人冒険者さんですし」

彼には驚かされることは多いけれど、それでも冒険者になってまだ半年程度なのだ。ギルドの受付嬢を護衛するならば、最低でも経験豊かなベテラン冒険者か、あるいはランクE以上が必要だろう。

「……がんばろう」

フレアはぴしゃっ、と頬を両手で叩いて気合いを入れると、冒険者でごった返している1階のロビーへと降りていった。

ポーンド冒険者ギルドが、ギルドの受付嬢の護衛依頼を発表すると——ウンケンやフレアの想定以上に多くの冒険者が反応した。

フレアとお近づきになりたい者は当然として、「未知のダンジョン調査」という夢のある言葉の響きに釣られた者が多かったのだ。

「――俺たちだ！　俺たち『双剣玉石《そうけんぎょくせき》』がこの依頼はもらった！」

「――バカを言え。ポーンドでトップのランクDである私たちに決まっているだろ」

「――ランクで決まるんじゃねえよ。俺はフレアちゃんの受付嬢デビューのときから見守ってるんだ。誰よりも彼女を理解してる」

「――気持ち悪い野郎だな。お前みたいなのがいるからフレアちゃんが安心して旅立てねえんだろうが」

「――あぁ!?　やんのかコラ」

「――表出ろやボケナス」

騒動があちこちで起きている。

「なんだこりゃ？」

それを目の当《ま》たりにした黒髪の冒険者――ヒカルは思わずそうつぶやいてしまった。

人混みをかき分けていちばん前まで行き、依頼票を確認する。

【ボディーガード】

【護衛】……ポーンド冒険者ギルド職員フレアの護衛依頼。期間は1か月程度。行き先はヴィレオセアン国境近辺新規発見ダンジョン。ダンジョン周辺の調査が主だが、必要とあらばダンジョン内に踏み込んで調査を行う。その場合は報酬を上乗せする。
【基本報酬】……10万ギラン
【特記事項】……希望者多数の場合はギルドにて審査を行い、受注者を決定する。

なるほど、これが騒動の原因か……とヒカルは思いつつ、

(よりによってフレアさんが行くのか)

と頭を抱えたくなった。

これがグロリアだったら、「いってらっしゃい」と平然として送り出せるのだが、フレアだと気になってしまう。

(こっそりついていくか……？)

ちらりと見ると、ヒートアップしている冒険者たちが口々に罵《ののし》り合っている。とてもではないがラヴィアやポーラには聞かせたくないような内容で、百戦錬磨の受付嬢であるはずの腹黒グロリアでさえ無言ながら額に青筋を立てて、爆発する寸前だった。

当の本人であるフレアは、どよーんとした表情で黙々と冒険者を相手に書類仕事をこなしている。

(こんな連中がフレアさんの護衛か)

彼女には恩がある。この世界にやってきて右も左もわからなかったヒカルに生きる術《すべ》を

教えてくれたこと。それに囚《とら》われの身だったラヴィアを救出するときにもフレアの情報は役に立った。

唯一気がかりなのは往復1か月というスケジュールで、途中で「世界を渡る術」を使う期限になってしまうことだが、それも簡易的に魔術を使って「また後日」と連絡すれば済むだろう。

力になれるならなってあげたいと、ヒカルは人混みを縫ってカウンターへと近づく。ちょうど人の流れが切れたところで、フレアの前に出た。

「フレアさん」

「……あ」

どよーんとしていたフレアの目は、一瞬で光を取り戻した。

「あの護衛依頼、冒険者ランクの制限は書いてありませんが、僕でも受注できるのでしょうか？」

「ヒカルさん!?」

突如として現れた少年冒険者に周囲はざわつく。

ヒカルは若く、装備品もこぎれいなものを身につけているからなおさら冒険者に見えず、それが彼らの癪《しゃく》に障《さわ》ったのだ。

さらには、話しかけられたフレアが喜んでいたのだから。

「いらしたんですねぇ、ポーンドに……」

「王都とポーンドを行ったり来たりです。それであの依頼の件ですが」

「……制限はありません。ありませんがぁ……ギルド内で受注パーティーを決めることになりますぅ。ヒカルさんはまだポーラさんと、ラヴィアさんと、パーティーを？」

「はい。そういえばパーティー名とか決めてなかったですね」

　それを聞いた冒険者たちが笑った。

「——おいおいヒヨッコか？　パーティー名もないような僕ちゃんが首突っ込んでいいような依頼じゃねえぞ」

「——そうだそうだ。その装備、金の力でフレアちゃんに取り入ったのか？　目障りだから消えろ」

　依頼の受注にランクの制限がないのはヒカルにとってはありがたいことだったが、他の冒険者へのアピールの意味でも、自分のランクを多少は上げておいたほうがいいのかもしれないなと思った。

　ちなみに言えばヒカルとラヴィアは最低ランクのGで、ポーラはヒカルと出会う前に幼なじみとのパーティーで依頼をこなしたことがあり、Fだった。

　とそこへ、

「静かにせんか！」

ロビーに声が響き渡り、冒険者たちは動きを止めた。現れたのは白髪のマンノーム――ウンケンだった。

「――なんだあのジジイ？」

「――解体場にいるのを見たことがある」

「――ギルドの職員か？」

若い冒険者はウンケンのことを知らなかったが、ランクが高い連中――装備の良さそうな連中――は、騒がずにじっとウンケンを見つめている。ウンケンがギルドマスターであることを知っているのだろう。

「ここまで騒ぎになるとは思わんかった……ギルド発注の護衛依頼については、受注希望のパーティーリーダーが残って申請すること。他の者はこの建物から出ていってくれ。通常業務もままならんじゃろうが」

ウンケンはそう言ったが、そもそも彼が誰なのかその正体をわかっていない冒険者たちは「は？」「なんだこのジジイ」という反応だった。

「――ギルドマスター、ひとつ聞きたいのですが」

そこへ手を挙げた男がいた。

このギルド内にいる者の中ではいちばん高価そうな金属鎧《プレートメイル》を着ており、長槍《ちょうそう》を背負っている。

年齢は30歳前後といったところか。そう言えばさっき、このポーンドでは最高ランクのDランク冒険者パーティーとかなんとか言っていた気がする。

彫りが深く、ずる賢そうな目で周囲を見ている。

「ギルドマスター」という言葉を聞いて、知らなかった冒険者は「マズい」という顔をし、知っていた冒険者は「さっさと続きを話せ」と忌々《いまいま》しそうな顔をする。言われた本人であるウンケンは後者で「なに勝手にバラしてるんだよ」と不機嫌そうだ。

「なんじゃ、『青《あお》き山嶺《さんれい》』のリーダー、ジョナサンくん」

不機嫌そうながらも、ウンケンは言った。

「今回の冒険者ギルドからの依頼内容はなかなかよい報酬ですし、皆、喜んでいます」

「ふむ。それで？」

「受注できるパーティーはいくつですか？」

「1パーティーじゃ。フレアひとりを護衛するのに何十人も必要はあるまい。危険も少ないとギルドでは判断しておる」

「なるほど？　ではその1枠に多くのパーティーが殺到するわけですね？　たとえば、駆け出しのようなパーティーでさえも……」

ちらりと、ジョナサンの目がヒカルへと向いた。

「なにが言いたい？」

「いえ。私としては冒険者ギルドに、公平にパーティーを選んでほしいというだけです。たとえば『個人的に仲がいい』とかえこひいきとかそういった理由ではなく、これまでの経歴や、実戦での強さを基準に選んでほしいと思っています。なあ、みんな？」

ジョナサンが話を振ると、多くの冒険者たちがうなずき、そしてヒカルをにらみつけた。

「わ、私はヒカルさんをえこひいきなんてぇ……！」

「フレアさん。実力の証明が必要ならば、実力を見せるのにやぶさかではありません。なにか手頃な未解決の依頼はありますか？」

「えっ、えっ、ヒカルさん⁉」

「――それならばこれはどうじゃ」

ウンケンは依頼掲示板の前まで行くと、1枚の紙をビッと取ってきた。

「『獄魔蜘蛛《ヘルタランチュラ》の討伐』じゃ」

ロビー内に衝撃が走り、えっ、という声すらも上がらなかった。

しん、と静まり返った静寂の中、

「？　わかりました。蜘蛛《くも》の討伐くらいでいいんですか」

ヒカルが依頼票を受け取る。

【モンスターハンター】

【討伐】……ケンメス山の麓《ふもと》、サテンエルカ村付近のゴブリン集落が1匹の蜘蛛によって壊滅させられた。「獄魔蜘蛛」の名で知られるこのモンスターは、得た食料を食べながらその地に長く滞在するが、今後サテンエルカ村が標的にならないとも限らないため、討伐が優先される。なおクレモント子爵とリッカー男爵が討伐の任に当たっているため、現地で正規軍と遭遇した場合は協力態勢の下《もと》に行動すること。

【基本報酬】……30万ギラン

【特記事項】……ランクC以上を受注相当とするが、ランクによる受注制限はない。

目を通したヒカルは、ウンケンに「なに考えてるんだよ？」と言いたくなるところだった。

「ランクC以上」とはっきり書いてある。そりゃ、ロビー内が静まり返るわけだ。

「ウ、ウンケンさん！　こんなのむちゃくちゃですぅ！　ほら、ヒカルさんも言ってください、ウンケンさんはなにを考えているのかってぇ！」

「受けましょう」

「ですよね、ヒカルさんも――ぇぇぇ!?」

「これを達成したら、僕のパーティーが優先的に護衛依頼を受けられるということでいいでしょうか？」

ヒカルが見据えると、ウンケンはにやりと笑った。

「構わんよ」

「言質《げんち》は取りましたからね？」

「ああ。――他の者もよいか？　ヘルタランチュラを討伐すると名乗りを上げるんなら、今がチャンスじゃぞ」

誰も手を挙げず、沈黙だけが返ってきた。

「というわけじゃ。ヒカル、ヘルタランチュラは過去に数度討伐されておってな、2階のギルド資料に――」

「知っています。討伐回数は王国内で3度。いずれもランクB以上のパーティーですね。身体は大きくなく、群れを作ることもないが、知覚に優れており100メートル先の獲物も見逃さない。気をつけるべきは猛毒の体毛で、その毒に触れると肌が溶け、さらに毒が血管を通じて全身を巡れば5日以内の死は免《まぬか》れない」

「……そうじゃ」

ヒカルはウンケンとフレアに背を向けた。

「それじゃ行ってきます。3日以内に戻りますから」

そうしてそのままギルドを出て行った。

「あっ――」

フレアは彼を止めることもできず、ただ目を瞬《またた》かせるだけだった。

「――アイツ死んだな」

「――カッコつけようとして死にたがるバカなんてどこにだっているだろ」

「――それより3日も待たなきゃならねえのか？」

ロビーには喧噪《けんそう》が戻っている。ウンケンは冒険者たちに、

「どのみち準備に時間がかかるところだったから、3日後に受注パーティーを発表し、ポーンドを出発してもらう」

とアナウンスした。

「ヒカルさんっ……！」

フレアは思う。

止めなければ。いくらウンケンでも、あんな依頼を見せて焚きつけるとはひどすぎる。

ウンケンはヒカルに見込みがあると考えてトレーニングをつけていたはずなのに、こんなことをするなんて……！

「――フレアちゃん、どこへ行くの？」

動き出そうとしたフレアの制服の袖に、グロリアの手が掛かった。

「ヒカルさんを止めにっ」

「な、なぜ!?　だ、だってあんな依頼を受けたらヒカルさんが死んじゃいますぅ！」

「冒険者が依頼を受けることは自由意志ですよ」

「ですがっ、ギルドの受付嬢は身の丈に合わない依頼だった場合は止めなければいけない責務がありますぅ！」

「依頼を斡旋《あっせん》したのはギルドマスターですよ」

「!!」

フレアは固まった。

確かに、自分の上司であるギルドマスターがやったことを否定するような動きをしてもいいものか？

「わ、わかっていますぅ……でも、それでも、人命には代えられません！」

「あなたが行ってもおそらく彼の気持ちは変えられませんよ」

「え……な、なんでですかぁ？」

「だって、ヘルタランチュラの危険性だって頭にしっかり入っていたではありませんか？　それこそギルドマスターよりも。どんな言葉で彼を説得するつもりですか？」

「そ、それは……」

グロリアの言うことは正しい。それはわかっている。

「で、でもっ、行ってきますっ！」

感情では納得できないのだ。

フレアは大急ぎでギルドの裏口から飛び出し、ヒカルを捜した――。

「あらあら。すっかりご執心なのね……」

うっすら微笑《ほほえ》んだグロリアは、大急ぎで道路を走っていくフレアの背中を見送った。

「………」

グロリアの目が細められる。

それはなにか考え事をするときのグロリアのクセだった。

考えているのは同僚のフレアのことではない――冒険者ヒカル。あの黒髪黒目の冒険者のことだった。

（なにか秘密がある）

グロリアは、ヒカルが高レベルの「加護」を得ているのではないかと思っていた。ギルドカードによって与えられる「加護」はこの世界では能力を底上げできる特別なもので、5文字の神による加護があればベテランレベルに、4文字ならばスター性を持つ冒険者になれるだろう。

（今回の依頼で、なにかわかるかもしれないわ……。そもそも、ケンメス山までどんなに急いでも2日かかるのだもの、3日で往復は不可能だわ。それを知らないふうでもなく、彼は3日で戻ると断言した。きっとなにかがある……)

グロリアはぺろりと自分の唇を舐《な》めた。

ヒカルは王都へ向かう馬車にぎりぎり飛び乗ることができた。今日中に王都に戻れば、ポーラを連れてすぐに出発できる——馬を借りる必要もあるだろう。

ケンメス山は確かに遠いけれど、ヒカルは以前、教会幹部だけが知っている秘密のルート「聖隠者の布教路」を教えてもらっていた。このルートがあれば明日中にケンメス山に着くだろうと踏んでいた。

ポーラを連れて行くのはヘルタランチュラの毒を警戒して、万が一を想定してのことだ。

「——ヒカルさん、ヒカルさーんっ!」

「!」

出発直前の馬車で物思いに耽《ふけ》っていたヒカルは、自分を呼ぶ声に気がついた。

「フレアさん! ここです」

「ヒカルさん!!」

全力で走ってきたらしいフレアははぁはぁと息を切らせているが、馬車から半身を出し

たヒカルに、

「ヒカルさんっ、だ、ダメですぅ、無理な依頼の受注は……」

「あ、もしかしてそれを言いにここまで来たんですか？」

「当然です！　ヒカルさんになにかあったら……私は、わ、私は、その」

「？」

「ギ、ギルドの受付嬢として見過ごせないんですぅ！」

「ああ、なるほど」

顔を赤くしてフレアは大声を上げたが、ヒカルは納得した。

「なるほど、じゃないですよぉ……」

「え？」

「それはともかくぅ！　ダメです！　あんな依頼、受けてもらうわけにはいきません！」

「あー……」

そうきたか、とヒカルは思う。フレアを心配していた自分が逆に心配されている。

「……ウンケンさんが僕に勧めたんですよ？」

「うっ。で、でもぉ、ウンケンさんはヒカルさんを買いかぶりすぎなんです！」

「そうかもしれませんね。だけどウンケンさんは僕ならなにかあったら『ちゃんと逃げる』だろうと思ったんじゃないですかね」

「そうです。危険があったら逃げる。冒険者としては当然です。それに、勝算がないわけではないんです」

「どうやってヘルタランチュラを討伐するつもりなんですかぁ……？」

「そ、それは」

ヒカルとしては「隠密《おんみつ》」で近づいてグサッ、で終わりのつもりだ。

「……秘密の武器があるからです。それは教えられません」

「そうなんですかぁ？　……ほんとうに？」

「ともかく！　僕は大丈夫ですから。3日後にお会いしましょう」

「約束してくれますかぁ？　危険があったら必ず逃げると」

「はい、約束します」

危険があったら逃げる。

それはヒカルにとってはあまりに当然のことだったのであっさりとうなずいた。

だがその反応があまりにもあっさりしすぎていたせいか——フレアは疑り深い目になっている。

「ほんとうに約束ですよ？」

「わかってます。約束します」

「……逃げる？」

「絶対ですよ？」

「わ、わかってますって！」

御者が「ポーンソニア王都行き、出発するぞー」と声を上げた。

「そろそろ出発なので」

「あ、は、はぃ」

フレアは数歩後ろに下がった。

馬が歩き出し、馬車が動く。

「ヒカルさぁん！　逃げることは恥ずかしいことでもなんでもないんですからねぇ！」

心配そうなフレアを置いて馬車が動いていく。

完全に子ども扱いだ。

(うーん……やっぱり冒険者ランクを上げておくべきだな)

ヒカルがランクDだったらここまでフレアも心配しなかっただろう。「東方四星」みたいにランクBになっていたら誰も文句は言えないはずだが、そこまで上げてしまうと目立ちすぎて面倒ごとが向こうから飛び込んでくるようになる。

いくら王都の高級アパートメントで暮らせるのだとしても、それは勘弁してもらいたいなと思うヒカルだった。

◇

それから3日が経《た》った。

衛星都市ポーンドの冒険者ギルドには、朝から多くの冒険者が集まっていた。

「早く開けろ！　今日だろ、ギルドが俺たちに依頼を発注する日は！」

ひとりが声を上げると「は？　受注するのはウチだが？」「いやウチだけど？」とまたもケンカが始まりそうな雰囲気だった。

実のところこの依頼については、単に報酬がいいとか人気の受付嬢と行動をともにできるというだけではなくなっていた。

冒険者の間では「ギルドからの直接依頼なんてめったにない。となれば、冒険者ランクのアップは間違いなしだ」というウワサが流れていたのだ。

聞かれるたびに受付嬢やギルド職員は否定していたが、否定すればするほど「ますます怪しい」なんて言われてウワサは過熱した。

しまいには3日前に受注希望を出しそびれた冒険者パーティーも集まってきて、受注パーティーの発表はちょっとした騒ぎになりつつあった。

「……まったく、バカどもが」

ドアを開けていないロビーで、ウンケンは吐き捨てるように言った。

「誰じゃ、ランクアップなどという根も葉もないウワサを流したのは」

「さあ……知りませんね」

「私らも聞いておりません」

裏方で働いている職員たちはもちろん、受付嬢も首を横に振った。

「違うと言っても信じてくれないので困ります……」

陰のある美人のオーロラがひっそりと言った。

「まあ、仕方あるまい。そんなウワサは今日で終わりだ――グロリア、扉を開けろ。パーティーリーダーを優先で中に入れ、他は入れなくても騒ぐなと言いなさい」

「はぁ……でも騒ぐなと言われても彼らはおとなしくしませんよ？」

「文句があるならいつでも除名してやると言っていい。他の者は持ち場に戻れ」

「はい」

グロリアがギルドの扉を開くと、その向こうには屈強な冒険者が大量にいた。それを見たフレアはぞくりと寒けがした。

自分がふだんから接している冒険者たちと変わらないはずなのに――今の彼らは殺気立っている。騒がしいが気さくで、おばかな、いつもの彼らじゃない。

グロリアの言葉に説得力があったのか、彼らの騒ぎはいっとき収まり、パーティーリーダーらしき冒険者がまず入ってきた。それだけでも20人は超えている。そこにはランクD

「青き山嶺」のジョナサンもいた。

依頼票の張られた掲示板の前に台を置き、その上にウンケンが立った。取り囲むように最前列にリーダーたちが、その後ろにぎっしりと冒険者が詰めかける。

すでにカウンターの向こう側にフレアは避難していたが、こんな状況でも平然としているウンケンに驚きつつ、やはり先ほど感じた寒けを忘れられず小さく身震いする。

「フレアちゃん、ウンケンさんはうまくやるから……大丈夫よ」

「オーロラさん」

オーロラがひっそりと横に立ってくれるだけでフレアは少し安心した。

昨晩遅くまでどのパーティーに発注するべきか検討が行われ、その結果を知ってはいるもののフレアもまた緊張していた。

「今回は我がギルドの依頼に、多くの者が応募してくれてありがたく思う。これから『護衛』依頼に関する受注パーティーを発表する」

ウンケンが話し出すと、これだけ多くの人間がいるにもかかわらずロビー内は静まり返った。

どうせランクDパーティーだろう、とか、この3日間死ぬほど依頼をこなしたんだから俺たちに決まってる、とか、様々な思いが入り交じる。

「依頼を受注したパーティーは……」

ウンケンは言った。

「……残念ながらここにいる者たちではない」

静けさの中に「？」という疑問符が飛び交う。

昨晩ウンケンと検討した内容とは異なり、フレアもまた首をかしげる。

「は……？　いや、ちょっと待ってくれ。ここにいないのなら誰が受注したんだ？」

ようやく「青き山嶺」のジョナサンが言った。

「パーティー名はない。じゃがお前たちも覚えておるだろう。ヘルタランチュラの討伐依頼を受けた黒髪の冒険者を」

「ああ、確かに……じゃない！　待て、待て待て。ということはなにか？　ヘルタランチュラの討伐に成功したとでもいうのか？」

「そうじゃ」

「バカなこと言うなよ⁉」

「バカなことでもウソでもない」

ウンケンは腰に吊《つる》した革袋からピンポン球ほどのサイズの、赤い宝石を取り出した。

「ヘルタランチュラの額に埋まっている『紅玉毒石《こうぎょくどくせき》』じゃ。ヘルタランチュラが持っている12個すべて、討伐証明品として持ち込まれた——今日の夜明け前にな」

「‼」

フレアは目を見開く。

ヒカルが戻ってきた？　夜明け前に？　ヘルタランチュラを討伐して……？

「そんなのウソだ！　大方金を出して買ったんだろう!?」

ジョナサンが叫ぶと「そうだそうだ」と他の冒険者たちも追従する。だがウンケンは、

「それくらいギルドも確認しておる。討伐に当たったクレモント子爵とリッカー男爵のサ
インつきの書簡がある。ヘルタランチュラを討伐したのはあの黒髪の者で間違いない」

「お、おかしいだろ……なんでそんなことが、あんな子どもに……？」

「いずれにせよ、ギルドの依頼についてはこれで決まりじゃ。皆、わざわざ集まってもらったが期待通りにならず申し訳なかったのう。まだまだ未処理の依頼は多いからの、引き続き頼むぞ」

ウンケンがそう言って台を降りようとしたときだった。

「——あのジイさんと、黒髪のガキが毎朝トレーニングしてるのを俺は見たぞ」

ひとりの冒険者が言った。

すると、

「——なんだよ、ウンケンのジイさんともつながってたのか？」

「——まさか出来レースか？」

「——冒険者ランクをアップさせるために仕組んだのかよ！」

納得できない冒険者たちが次々に声を上げる。

「……………」

ぎろりと彼らをにらむウンケンだったが、

「──言ったでしょう？　彼らが簡単に納得するはずないって」

そのすぐ横に──いつからそこにいたのか──当の黒髪の冒険者がいた。

「ヒカルさん！」

フレアが声を上げると全員の視線がヒカルに注がれた。

ジョナサンが額に青筋を立てながらヒカルへと近づいていく。

「おうおう、お前さぁ……こんなことして恥ずかしくないのか？　ギルドマスターに取り入って、冒険者ランクを上げようってか？」

「そうだね。あなたみたいにうるさい冒険者がいるんだから、ランクは上げておかなきゃいけないんだなってことは今回痛感したよ」

「なに⁉」

「ここでいちばんランクが高いのはあなたなのか？　だったら1対1で戦おう。それをここにいる全員に見てもらったほうが手っ取り早い」

「このガキ！」

ジョナサンはカッとして声を荒らげたが、

「……みんな聞いたか？　この俺、ランクＤ『青き山嶺』のリーダーであるジョナサンと戦おうだってよ。身の程も知らんらしい」

それを聞いた冒険者たちが大爆笑する。

「そういうのはいいから、もう。こっちは先を急いでるんだからさっさとやろう。あなたと違ってヒマじゃないんだ」

「‼」

ヒカルがひたすらめんどくさそうに言って欠伸《あくび》をすると、ジョナサンは今度こそはっきりと額に青筋を立てた。

「……上等だ。それなら本物の、冒険者の実力ってヤツを見せてやる。――ギルドマスター！　裏の訓練場を借りるぞ！」

「わかった」

ヒカルはすでにロビーを後にしており、肩を怒らせたジョナサンがついていくと、冒険者たちもぞろぞろとそちらに向かう。

「ヒ、ヒカルさん……⁉」

いつにないヒカルの荒々しい対応にフレアは青ざめるが、

「フレア。心配しすぎじゃ。あれでもワシがしごいたんじゃぞ」

むしろウンケンは落ち着き払っていた。

「…………」

グロリアは、事態の推移を面白そうに見守っていた。

そこそこの広さの訓練場も、50人ほどの冒険者が入ると一杯になってしまう。それでもなんとかかんとか真ん中にスペースを空けてヒカルとジョナサンが向かい合った。

ジョナサンは長槍《ちょうそう》を持ち、ヒカルは短刀を手にした。ともに刃のついた真剣だ。

「間違って刺したりしたらごめんな？　だけど、俺は槍《やり》の名手だからな、致命傷にはならないようにしてやるから」

「…………」

ジョナサンに煽《あお》られてもヒカルは答えなかった。

なぜかと言えば——イライラしていたからだ。

実は、移動がハードだったこともあり、ここに至るまでほとんど眠っていないのである。ポーラは王都に置いてきたので今ごろ深い睡眠の中だろう。

ヘルタランチュラの討伐自体は「隠密《おんみつ》」で接近して一発だったが、問題はクレモント子爵とリッカー男爵の私兵の多くが毒に感染しており、大変な騒ぎになっていたことだ。

それをポーラに治療させたのだが、あんまりわかりやすく治してしまうとポーラが目立ってしまうのでほどほどにし、後からやってきた司祭に引き継いだ。

その司祭が面倒な男で、ポーラが有能だと気づいたのかしきりに勧誘してきて、さらにはセクハラまがいのボディタッチまでしてきたのでヒカルが股間を蹴り上げ、怒りのメールでもルヴァインに送りたいところだったが、ヒカルがシルバーフェイスであるとバレたくはないのでぐっとこらえた。もちろんメールなんてテクノロジーもないのだけど。

無駄な時間を食ったせいで3日という期限のギリギリになってしまい、ヒカルは夜を徹してポーンドに戻ってこなければならなかったのだ。

「双方準備はよいか？」

ウンケンだけは勝負の結果がどうなるかわかっているようで、立ち会い人となって中央にいる。

冒険者たちは「やれ」だの「ぶっ殺せ」だの口汚く大声を上げているが、フレアは顔を青ざめさせ、両脇をオーロラとグロリアに支えられていた。

「始め！」

開始の合図とともに槍《やり》を構えたジョナサンが突っ込んできた。槍という長物ならば相手の攻撃を待って戦うこともできるはずだがそれをしなかったのは、「臆病」と思われたくなかったからかもしれない。

（思ったよりも速い）

ランクDはハッタリではないということだろう。常人ならば避けられないような速度で、すぐそこまで槍の穂先は迫っていた。

模擬戦だからか、ヒカルの太ももを狙っている。

（だけど、クツワの一撃を思えば静止しているように見える）

ヒカルはすでに多くの戦闘経験を積んでいた。

単に「隠密《おんみつ》」に頼った戦い方だけでなく、ここにいるウンケンにしごかれてもいたし、クインブランド皇国では諜報部《ちょうほうぶ》のエースであるクツワとも戦った。クツワとは「隠密」を交えながらではあったけれど、それでも彼の動きを間近で見たのだ。

一国でも有数の戦闘能力を持つ者と比べれば、ランクDでもさすがに霞《かす》む。

「!?」

ヒカルが迫り来る槍へ向けて踏み込んできたので、ジョナサンの目が見開かれる。

だが次の瞬間、ヒカルは半歩横にずれて槍とすれ違うようにさらに踏み込んできた。

その速度はジョナサンよりも速い。

槍はまだ伸びきらず、ジョナサンが次の行動に移る前にヒカルはジョナサンの目の前にいて、短刀を彼の首に突きつけていた。

しん、と訓練場は静まり返った。

「終わりじゃな。ヒカルの勝ちじゃ」

ウンケンが勝負の決着を宣言した。

連携技を扱いにくい槍《やり》の特性、さらに対人戦ではなくモンスターとの戦いばかりやってきて大雑把《おおざっぱ》な動きしかできないジョナサン、そのふたつを考えればこの結果は当然のものだったが——見ていた冒険者たちは、それを理解できず騒然とする。

「——は？　なんだよそりゃ！」

「——ジョナサンなにやってんだテメー！」

「——あんなの俺だって勝てる」

ヒカルがやってみせたのは周囲には簡単に見えたのだろう。だが、対面したジョナサンにはヒカルのすごさがわかった。

「…………」

短刀が引かれ、ヒカルが離れてもジョナサンは動けなかった。

迫り来る槍に突っ込んできたのは、ヒカルには「絶対に当たらない」という確信があったからだ——つまり自分の槍は完璧に見切られていた。そして距離の詰め方だ。ジョナサンの目にはヒカルが踏み込んだと思ったら、もう目の前に迫っていたかに感じられた。

さらにもうひとつ言うなら——ヒカルのまとっている空気。

ジョナサンのいるランクDという世界など、まったく歯牙にもかけない圧倒的強者としての気配。

それに気圧《けお》されて、ジョナサンは動けなかったのだ。

「ヒカル、依頼内容について詳しく話すぞ」

「……わかりました。眠いから手短にお願いします」

ウンケンに連れられてヒカルは訓練場から出て行ったが、冒険者たちの興奮は冷めやらなかった。

フレアがヒカルを捜しにギルドマスターの執務室へ向かったのは、それから1時間ほど経《た》ってからだった。

冒険者たちを訓練場から追い出し、いつもどおりの業務に戻ると毎朝の忙しさが襲ってきたのだった。

冒険者たちはさっきの勝負に納得していなかったようだが、当のジョナサンが「アイツは強い……」と言ったので、納得こそできなくとも、かといってランクDに逆らうこともできないようだった。

(……ヒカルさんが、なんだかおかしいです)

フレアの胸には不安が渦巻いていた。

あんなふうにぶっきらぼうで、粗野で、凶暴な気配をぷんぷんさせているヒカルをこれまで見たことがなかった。

「ギルドマスター！　ここに……」

ノックもそこそこに執務室に入ったフレアの言葉は途中で途切れた。

陽光の射し込む明るい部屋にウンケンはいなかったのだ。ただ、ソファに横になった少年がいて――眠りこけているヒカルに掛かっていた毛布は床に滑り落ちていた。

「…………！」

フレアはハッとして立ち止まる。

ここにきてようやく気がつく。ヒカルはヘルタランチュラ討伐に向かったが、かなり無茶なスケジュールだったのだと。同じ受付嬢でも経験豊富なグロリアならば王国内の地図や主要道路が頭に入っていて、どれくらい往復に時間がかかるかはわかるものの、フレアにはまだそこまでの知識はなかった。

「ヒカルさん……」

フレアはヒカルの眠っているソファに近づき、毛布を拾い上げ、彼に掛けてやった。

その顔を間近で見て、フレアは思わずつぶやいてしまう。

「……どうしてそこまでして、私のことを……？」

最初から、ヒカルは他の冒険者とは違うとわかっていた。言葉遣いは上品で、謙虚《けんきょ》で、思慮深く、努力もできる。そんな彼に世話を焼いてやろうと思ったフレアは、最初こそ姉になったようなつもりだった。

それがいつの間にか――ヒカルは成長して自分を追い越してしまった。見た目はまった

く変わっていないのに。

ふっ、とポーンドからいなくなったと思うと、いつの間にか帰ってきている。

なぜか中央連合アインビストから巨大な精霊魔法石が届いたり、伝染病の蔓延《まんえん》する王都で救助活動をしていたりする。

冒険者のランクこそ最低のGのままであるものの、彼はきっとランクDではできないようなことをやっているのだろう——と、希望半分、フレアはかねてより思っていた。

今日の模擬戦でそれは確信へと変わった。

ヒカルは自分が見たことがない表情をしていた。それはいくつもの修羅場をくぐり抜けた者だけが持っているような——。

「……んん、うん……」

ヒカルが口をもごもごさせて寝言だかうわごとだかわからない言葉をつぶやいた。

その姿はあまりにも無防備で、あまりにも幼くて——さっきの姿とのギャップにフレアのかさついていた心が、温かなもので満たされるのを感じる。

「ヒカルさん……ありがとうございますぅ」

フレアはヒカルに掛けた毛布に手を乗せると、じっとその寝顔を見つめていた——。

ぱちり、と目を開いた。

「……ん、あれ、ここは……僕は眠っていたのか……」

ヒカルは、ウンケンとの話の終わりに自分がうたた寝してしまったのに気がついた。そして自分に掛かっている毛布と、その毛布が少し重いことにも。

「なんだこれ——えっ⁉」

床にじかに座ったまま、ヒカルに寄りかかるように眠っている受付嬢フレアがそこにいた。

「フレアさん……」

少し寝て頭がすっきりしたヒカルは、フレアがどこかやつれているのに気がついた。

（……そうか）

フレアもフレアで今回の調査依頼は気が重いことだったに違いない。信頼できる冒険者はこの街には少なく、しかもヒカルがヘルタランチュラを討伐に出かけた。ヒカルが討伐に失敗して命を落としたらきっと彼女は自分のせいだと思っただろう——ヒカルにとっては「余裕」だと思えた討伐も、ヒカルの「隠密《おんみつ》」能力を知らないフレアには「不可能」に思えたはずだ。

極めつきはジョナサンとの模擬戦だろう。フレアは最悪の事態を想定してしまったかもしれない——ヒカルが大ケガを負うとか、あるいは死んでしまうとか。

（僕はちょっと配慮が足りなかったかもしれない……）

制服の帽子が頭から落ちそうになっていたのを押さえようと、ヒカルが手を伸ばしたときだった。

「……ヒカル、すまんが受付嬢に手を出すのはやめてくれんか？　ワシの部屋で」

「!?」

背後からの声にヒカルはびくりとする。

「ウ、ウンケンさん!?　いや、手を出すって!?　違いますよ、これは——」

「ふぁ……あれ？　ここって……あれ!?　私寝てました!?」

「爆睡じゃよ、ふたりとも」

「ちょっ、ウンケンさん、あの、誤解があると思うので解いておきたいのですが！　僕はただ帽子を押さえようとしただけで……」

「ウンケンさん、どうして起こしてくれなかったんですかぁ!?」

書類と地図を手にしたウンケンはにやりと笑った。

「元気で大変よろしい。ほれ、さっさと始めるぞ。ダンジョン調査についての話を続けよう」

「…………」

「…………」

ヒカルはウンケンにからかわれていたことに気づき、フレアはフレアで気まずそうに顔を赤くしている。

「そ、そのぅ……ヒカルさん」

「大丈夫ですよ、フレアさん。そこそこ長い旅路になるので、お互い寝顔を見るくらい何度もあります」

「そ、そういうことじゃないですぅ！」

「違うんですか？」

「そういうことですけどぉ！」

「どっちなんですか？」

「もう！」

寝顔を見られたことか、あるいは油断して眠ってしまったのを見られたことか、そのどちらもか――不機嫌になっているフレアを見てヒカルも笑った。

よかった、いつものフレアだ。

第40章　受付嬢は争わず、ただ駆け引きをするのみ

ポーンソニア王国王都ギィ＝ポーンソニアの馬車停留所は非常に広大で、国内各地へと向かう馬車があちこちに停車していた。見上げるほど高い柱に看板が掛けられ、そこに行き先が書かれている。

待ち合わせ場所はここだった──だけれどそこにいたのはヒカルの予想とは違った。

「ヒカル様！　お待ちしていました！」

「……あれ？　ポーラひとりだけ？」

ラヴィアもいるはずだと思っていたのに、ヒカルとフレアを待っていたのはポーラだけだったのだ。

「はい。ラヴィアちゃんは『今は勉強が面白いから』だそうです」

「あ、そう……」

放っておけばホテルに閉じこもって日がな一日本を読んでいるようなラヴィアだから、「ソウルボード」で「言語理解」と「言語出力」を手に入れた今、日本語を学べるのが楽しくて仕方ないのだろう。

（まあ、ダンジョンを踏破しろって言われてるわけじゃないし、巨大モンスターを討伐してこいって言われてるわけでもないから、ラヴィアの魔法がなくても大丈夫か。危険があっても「集団遮断」で逃げればいいし）

ヒカルはそう判断した。

たぶん、帰ってくるころにはラヴィアはそこそこ日本語を話せるようになっているんだろうな……とヒカルは思った。

「え、ええと……おふたり、だけ、ですかぁ……？」

戸惑ったのはフレアだ。

ギルドの受付嬢の制服に薄手の外套《がいとう》を羽織った姿――この外套もギルドが支給しているらしい――だった。

ヘルタランチュラを倒した功績は理解しているし、それだってヒカルとポーラのふたりで行ってきたこともわかっている。だけれど自分の護衛に、ほんとうにこのふたりだけしか就かないとは。

「フレアさん、ヘルタランチュラ以上のモンスターが出現する可能性はどれくらいありますか？」

「………………」

ヒカルの問いに、ちょっと考えてからフレアは、

「限りなくゼロに近いですねぇ……」

「というわけです。問題ありませんよ」

「な、なるほどぉ」

「そうですよ。問題があるとすれば――」

言いかけたのはポーラだ。

「ん？『問題があるとすれば』……なに？」

「いいえ、こちらの話です！」

「？」

ヒカルは首をかしげるが、ポーラは両手を「むんっ」と握りしめて、なんだかやる気満々だった。

――ポーラ。わたしは王都に残るけど、ひとつだけお願いがあるの。

実はラヴィアがポーラに「お願い」をしていたのだった。

――他の女の人がヒカルに近づかないようにして。

――近づかないように？

――ヒカルは無自覚に他人を惹《ひ》きつけてしまうの。これ以上、女の人がヒカルの周りに増えたら……！　わたしがとても大変なの！

――わ、わかったよ、ラヴィアちゃん！

というやりとりがあったことは、フレアはもちろんヒカルも知らない。

「私、がんばります！」

「あ、そ、そう？」

ヒカルもちょっと引いている。

「それじゃ……行きましょう」

ヒカルたち3人はヴィレオセアンとの国境を目指し、王都を発った。

◇

ヴィレオセアンとの国境付近の街まで片道で8日かかる。

その街から北上した山中にひっそりと水を湛《たた》える「ツェン＝ティ湖」の湖畔《こはん》に、ダンジョンは出現したのだという。

「……ヒマすぎた」

8日かかって国境付近の街に到着したのは夕暮れ時で、ヒカルは大きな欠伸《あくび》をした。

問題らしい問題はなにも、ひとつも、起きなかった。

ただ朝から晩まで馬車に揺られていただけで、警戒し続けてはいたものの、ヒカルには上限いっぱいまでポイントを振った「魔力探知」もあるから誰よりも早く異常を察知することができ、モンスターの危険は早々に回避できた。

退屈のあまり居眠りしてしまうことがいちばんの危険だった。

「今日はゆっくり休んで、明日、山へと向かいましょう」

「わかりました。フレアさんは冒険者ギルドに行くんですか？」

「いえ〜。ここにはギルドがないので、宿で休みますぅ」

ヒカルたちは街を歩いた。

ここは海洋国家ヴィレオセアンに接していることもあり、魚介類を売りにした店が多かった。飲食店や宿はもちろん、露店でも乾物が売られている。

（帰りにいくつかお土産を買おうかな。スルメなんてこっちの世界に来て初めて見たし）

折しも季節は11月も後半となっており、肌寒い日々が続いている。乾物ならば日持ちもするだろう。

街並みはポーンソニア各地とは違って白塗りの壁が多く、今は茜《あかね》色に染まっていた。屋根は青色のようだが夕陽を浴びて黒っぽく見えた。それらも異国情緒を感じさせた。

建物と建物の距離が空いているのはここが田舎の街であることを思わせたけれど、それでも国境を往来する人々が多いのか、街は賑《にぎ》わっていた。

「あ、ここの宿ですぅ」

フレアが指差した宿はひときわ大きい建物だった。

看板には「海風の扉」とあり、隣にある酒場と通路でつながっているようだ。酒場からは多くの賑やかな声が聞こえてくる。

冒険者ギルドと提携しているので、あらかじめ予約されていた部屋に通された。ふたり部屋をふたつ。ヒカルが一部屋をひとりで使い、フレアとポーラが同室というのはこれまでの8日間もそうだった。

いつの間にかフレアとポーラは仲良くなっていて——年齢もあまり変わらないのもよかったのだろう。

ヒカルの知らないところでふたりで盛り上がっていた。

「ふう……さっぱりしたなぁ」

もらったお湯で顔を洗い、身体を拭くと生き返ったような気分になる。

風呂を使うなんていうのは富豪に許された贅沢《ぜいたく》ではあるのだが、「東方四星」のアパートメントには予約制で使える風呂があったなとヒカルは思い返す。

(帰ったら絶対使おう)

と心に決めた。

(いや、というか僕はいろいろ騒ぎが終わったら休暇を取ろうとか思ってなかったっけ？　なんでまたこんな依頼を受けてしまったんだ……)

我ながら、自分から苦労を取りに行ってしまう性格が悲しい。

（そうだ。セリカさんと入れ替わりで日本に渡ったら温泉に行こう。ラヴィアもきっと喜ぶはずだし）

そんなことを思いつつ、宿のロビーでポーラたちと合流する。

「ふたりともだいぶサッパリしましたね」

ギルドの制服はそのままながらホコリを落としたフレアと、荷物を全部部屋に置いてきて身軽になったポーラ。

「お腹《なか》が空《す》きましたねぇ～」

「ヒカル様、宿の方に聞いたんですけど、お隣の酒場の食事はすっごく美味しいらしいですよ！　魚料理が有名だそうです！」

「うん。僕も久々に海の魚が食べたいと思ってたんだ」

3人で連れ立って酒場へと移ると、広々としたフロアにテーブルが並んでいた。全部で50席ほどあるだろうか、冒険者や商人、ポーラのような聖職者ふうの人もいる。国境を越えてきたのか、これから越えるのか、多種多様な人たちが食事を楽しんでいた。

外はすっかり暗くなり、冷たい隙間風が吹き込んできたけれど酒場は熱気に包まれていた。その熱気と騒音に一瞬圧倒されたが、ヒカルたちはテーブルのひとつを確保して食事を頼んだ。

ドンッ、と置かれた大皿には煮込まれた巨大な魚と大量の二枚貝が盛り付けられ、赤茶色のスープもなみなみと注がれていた。

スプーンですくって一口飲んだヒカルは、目をつぶって震えた。

（うわぁ、濃厚なスープだ。ブイヤベースみたいだけど……それよりもっとワイルドで、スパイシーだ……！）

美味い。久々の海の味に身体が喜んでいる。ふだんヒカルが暮らしているポーンソニア王国は内陸にあるから魚といえば淡水魚だし、そもそも最近は各地を飛び回っていて食事は二の次、ということが多かった。

旅の疲れも溶けるような思いで顔を上げると、

「あっはっは。アンタ、まだ子どもなのに食通みたいな顔をして食べるんだねえ？」

「あ……」

店の女主人らしき人がいた。先ほどこの料理を運んできてくれた人であり、年こそ30は過ぎているだろうが、ボリュームのある胸元が大きく開いたワンピースにエプロンという姿で、快活に店内を歩き回っている。

「いえ、そんな……でも久しぶりにこんなに美味しい海鮮料理をいただいたのは事実です」

「そうかい？　うれしいこと言ってくれるねえ。どこから来たんだい」

「王都からです」

「ああ、内陸のほうか。だったら海の魚なんてないだろう。腹一杯食べていきな」

「はい。いただきます」

「…………」

「？」

　じっ、と女主人が見つめてくるのでヒカルが首をかしげていると、

「はぁ……ここに泊まる冒険者連中が、アンタの礼儀のひとかけらでも持っててくれりゃあ、もう少しは楽なんだけどねぇ……」

「あ、あはは……」

　どうやら冒険者相手の商売というのも楽ではないらしい。

　女主人が去っていくと、フレアとポーラの声が聞こえてきた。

「おいしいですぅ～」

「ほんとうですね！　世の中は広いですね～」

　ふたりとも食事を楽しんでいるようだった。

（面倒なことばかりだけど、この街に来てよかったな。南葉島《なんようとう》の海もよかったけど、あっちの料理は南国の料理という感じで……ここはもっと複雑な味わいだ。旅をしてみないとわからないものだな～）

　そのときだ。

「──店主！『灼熱《しゃくねつ》のゴブレット』のために席を空けてくれ！」

赤い髪を短く刈り込み、上背もあるいかにも「冒険者」といった男が酒場に入ってきて声を上げた。

先ほどの女主人がため息をつきながら、男の方へと向かう。

「お客さん、なんだって？」

「『灼熱のゴブレット』だ。知らんのか」

「知らないよ。コップでも売りに来たのかい？」

「なっ⁉」

男が気色《けしき》ばむが、近くに座っていた商人のひとりが立ち上がった。

「女主人、『灼熱のゴブレット』はランクAのパーティーですよ！　ささ、私どもはもう店を出ますからどうぞテーブルをお使いください」

「えっ、ちょっと、お客さん⁉」

テーブルに代金を置いて、仲間を連れてそそくさと出ていってしまう。それを聞いた他の商人たちも店を出て行くと、酒場の半分ほどが空席になった。

「…………」

「まあ、これくらいなら主要メンバーは座れるな」

唖然《あぜん》としている女主人とは裏腹に、男は満足そうだ。

「そんなことされたら困るよ!? いくらランクAだろうとなんだろうと、こっちは営業してるんだから！」

「支払いはちゃんとする。それでいいだろう」

「商売ってのはそういうもんじゃないさ！」

ふたりの諍《いさか》いを聞いてヒカルが立ち上がった。

でも、そのヒカルの服の袖を引いたのはフレアだった。

「……ヒカルさん、ここは私が行きます」

フレアは守るべき対象であり、そもそもギルドの依頼をこなしている最中に、酒場のトラブルなどに首を突っ込むべきではなかった。

だからほんとうはヒカルが一歩引いて、フレアを止めるのが正解だったのだろう。

「フレアさん……？」

でも——それができなかった。

「あの方が先ほど言ったとおりですねぇ。冒険者はヒカルさんの礼儀のひとかけらでも持ち合わせるべきです」

フレアが漂わせていたのは——怒りだったのだ。

「支払いをするっつってんのに、なに文句垂れてんだババア」

「はあ!? こっちはアンタたちみたいな客は願い下げだって言ってんのよ！」

「おいおい、俺が下手《したて》に出てりゃ調子に乗りやがって。こっちは『灼熱のゴブレット』だぞ！」

「ゴブレットだかコップだか知らないけどね、ウチじゃジョッキは間に合ってんのよ！」

「てめえ！」

「――やめなさい」

近づいたフレアに、争うふたりは気づいたようだった。

「あんだよ、お嬢ちゃん――って、てめえ、ギルドの……」

フレアが着ている制服が冒険者ギルドのものだとわかったのだろう、男の勢いが削《そ》がれる。

「冒険者ランク、あるいは武力を盾に一般市民の安全をおびやかすことは、冒険者ギルドの規約に違反します。罰金、ランク降格、最悪の場合はギルド証の剥奪《はくだつ》があり得ます」

「ちょっ、それはおかしいだろ⁉　俺は店にお願いしただけだ！　商人どもだって自分から出て行っただろうが！」

「ランクAパーティーの名前を連呼したことは威圧行為に当たらないと？」

「と、当然だ。――そうだろ⁉」

男は酒場内にいる他の冒険者に声を掛けた。

「――おおっ！　当たり前だ！」

「――むしろランクAが来てくれたなんてこの酒場もラッキーだろ」

「――話を聞きたいもんだねえ」

などと口々に賛成の声をあげる。

（そういうことか……だから商人たちだけが出て行って、冒険者は残ったのか）

ヒカルは納得する。

冒険者にとってランクAは格上も格上、滅多なことでは知り合うことすらできない存在だ。だけれど、もしお近づきにでもなればなにかいいことがあるかもしれない。

たとえば、依頼をこなすのに手が足りないからと誘われたり。

たとえば、低ランクでは知り得ないような美味しい情報を耳にすることができたり。

たとえば――さすがにそれは高望みしすぎだとしても――腕っ節を見込まれてスカウトされたり。

「というわけだ」

「…………」

得意げにする冒険者に、フレアはなにも言えなくなる。

確かにこの男は実際に暴力を振るったわけではない。もう少し待っていたらわからなかったが、女主人がみすみす殴られるのを待つなんてことはフレアにはできなかった。

「――わかったわ。それで、何人いるのよ」

女主人が深くため息をつき、フレアの肩に手を置いた。

「アンタも、ありがとうね」

「でも……」

「もういいって。せいぜい金を落としてってもらうからさ」

ぱちっ、とウインクした女主人にフレアは難しい顔を向けた――。

「――あら。そこにいるのはポーンソニアの受付嬢じゃない？」

夜の闇から酒場の明かりが当たるところに出てきたのは、フレアの服と形はまったく同じながら、鮮やかなライトブルーに染められた制服を着ている女性だった。

赤い髪は長く、右側から前に垂らして結っている。

少し目尻が吊り上がっており、キツい印象を与える美人だった。

「おい、席はあったのか？」

その後ろからヌッと現れたのは、身長2メートルほどはありそうな巨漢。

しかしひょろっとした印象はまったくなく、動きやすい服装のせいか、大木のような胴体と丸太のような二の腕に宿る筋肉がすさまじい量であることがはっきりわかる。

これほどの巨漢は中央連合アインビストの盟主ゲルハルトや、王国騎士団長のローレンスくらいしか思いつかない。

つまり――彼がランクAパーティーの中心人物であることは間違いない。

「あなたたちは……ヴィレオセアンの冒険者ギルドから？」

フレアがたずねると、赤髪の受付嬢は笑った。

「ええ、そうよ。私の護衛のためにこちらのランクA冒険者ザッパ様率いる『灼熱のゴブレット』の皆さんがついてきてくださったの」

ザッパに媚《こ》びるように受付嬢は笑った。

その受付嬢はアンジェラという名前で、ヴィレオセアンの首都ギルドから来たという。

ザッパはランクAの冒険者であり、ヴィレオセアンの冒険者では知らぬ者はいない——ということを酒場にいた冒険者たちが言っていた。

彼は灰色の髪を編み込んで後ろに流しており、髪にはビーズのような飾りがついている。30代半ばという年齢で、これだけの肉体を持ちながらも、若々しさよりは落ち着きを感じさせた。

彫りの深い青い目の目尻にはシワがあって、この人はよく笑うのだろうと見て取れる。

そんな彼は——なぜかヒカルと同じテーブルについていた。

「——それでフレアさん？　あなたの護衛はどこにいらっしゃるんです？」

「——ですから先ほどご紹介したとおり、こちらにいるヒカルさんとポーラさんのおふたりです」

「──あら、まあ、まさかたったおふたりだけ？　冒険者ギルドの宝である私たち受付嬢を守るのがたったおふたり？　聞き間違いかと思ってましたのに……ポーンソニアのギルドはずいぶんと冷たいのね」

さっきからヴィレオセアンの冒険者ギルドから来た受付嬢、アンジェラとフレアとのやりとりが続いている。

このアンジェラもフレアと同じ目的でこの街に来た。

つまり、新ダンジョンの調査だ。

冒険者ギルドがいくら中立であるとはいえ、そこで働く者までもが中立であるとは限らない。そのため、ポーンソニア王国のギルドだけでなく、ヴィレオセアンのギルドからも人が派遣されているというわけだ。

今回調査に向かうツェン＝ティ湖へは王国側から向かう道しかないので、彼らも国境を越えてきたようだ。

「ヒカルさんはとても優秀ですし、私の護衛という点では適任だと思います」

「ふうん……それじゃ、ランクはBくらいはあるんでしょう？　まさかCなんていうことはないですよねぇ？」

「そ、それは……」

冒険者ギルドも一枚岩ではないのだなとヒカルは思う。

こうして受付嬢同士で妙なマウントの取り合いなんかをやっているのだから――いや、一方的にアンジェラが突っかかってきて、フレアが迷惑しているだけとも言えるが。

「………………」

「……なにか？」

それよりもヒカルはさっきから、ザッパという大男が自分を見つめているのが気になっていた。観察するような、面白がっているような目だ。

面倒だな――と思う。他のテーブルに行けばいいのに。

「灼熱のゴブレット」は20人ほどからなる巨大パーティーで、アシスタントとして荷物運びや世話係もいるらしく、総勢30人を超えている。

彼らは商人たちが空けたテーブルについてこちらを注目しているし――さっきの赤い短髪の冒険者も、だ――他の冒険者たちも同じく注目している。

（おや）

ふと酒場の隅に立っている数人に気づいた。席が足りずに空くのを待っている「灼熱のゴブレット」のアシスタントメンバーなのだろうが、ヒカルよりも小さい――ラヴィアと同じくらいの背の高さの少年がいた。

（あんな子もメンバーなのか……まあ、僕には関係ないか）

さっさと部屋に戻ろう、とヒカルが考えていると、

「――お待たせ。酒を人数分振る舞えばいいのかい？」

女主人がやってきて、不機嫌そうな顔でザッパにたずねる。

「よう」

ザッパが立ち上がると女主人が見上げるほどになった。彼女がハッとする間もなく、ザッパは――なんと、ぺこりと頭を下げたのだった。

「ウチのメンバーが、不愉快な思いをさせたようだな。申し訳ねえ」

「えっ⁉」

その謝罪には、女主人だけでなく全員があっけにとられた。

「酒場の席を押さえてこいと言ったのは俺だし、パーティーの責任は俺にある。すまなかったな」

「そ、それは……そのぅ」

思いも寄らなかった展開に女主人はあたふたしたが、ザッパはすっと身体を戻した。

「お詫《わ》びといっちゃなんだが、これでお嬢さんにも酒をおごらせてくれないか？　この店とびっきりのヤツを」

ニカッ、と笑った表情はまるで少年のようで、ザッパの分厚い大きな手にあった数枚の金貨はまるでおはじきのように小さく見えたが――ゴールドの輝きは本物だった。

「あ、え、ええっ⁉　こんなに⁉」

「金で詫《わ》びを入れるなんてのは無粋だが、それでも酒なら金で買えるだろう？　お嬢さん」

ぱちりとウインクをされると、女主人は急にもじもじして、

「そ、そりゃまあ、そうだけど……ったく、しょうがないね。さっきみたいな無礼な振る舞い、もうやるんじゃないよ」

「言い聞かせておくよ」

「――みんな聞いたかい！　今日はこちらの旦那のオゴリだってさ！」

女主人が声を上げると、一瞬の沈黙の後、他の冒険者たちが「おおっ！」と快哉《かいさい》を叫んだ。

「俺はお嬢さんにおごるつもりだったんだがなあ」

「アタシにはちゃんと夫がいて、子どももいるんだ。おごられて困る酒だってあるんだよ」

女主人は笑うと、エプロンのポケットに金貨をしまって去っていった。見送ったザッパが照れくさそうに自分の頭に手をやってイスに座ると、

「ザ、ザッパさんッ……！　すみません、俺、ザッパさんに恥かかせて……！」

さっき女主人ともめていた冒険者の男がやってきて、地面に手を突いて頭を下げた。

「自分がバカやったってわかったのか？」

「はい……すみませんでした」

「だったらいい。次からは同じバカをやるなよ。お前が、俺たちのためを思ってやったってことくらい、わかってるからな」

「ザッパさん……！」

目に涙を浮かべ、男は何度も頭を下げながら離れたテーブルへと戻っていった。

「…………」

ヒカルがその様子を見ていたことに気づいたのか、さっきとは逆の立場でザッパがヒカルにたずねる。

「……なんだ？」

「……いえ、別に」

冒険者ランクでB以上になるには、戦闘能力以外にも人間性も必要だということを聞いたことがあった。ザッパの振る舞いはちゃんとしていたし、パーティーメンバーがたまに暴走しても彼がコントロールできているのであれば、確かに彼はランクAなのだろう。

とはいえ、ザッパを崇拝するようなメンバーをぞろぞろと引き連れて行動するというのはどうしても理解できないし、関わり合うのも面倒なのでやはりこれはさっさと部屋に戻るべきだなとヒカルは再確認したのだった。

「ザッパ様～、もうツェン＝ティ湖まで間近ですし、今日は遅くまで飲みませんかぁ？」

アンジェラがザッパの真横にぴったりとイスをくっつけて、しなだれかかるようにしてたずねる。

「わっはっは。アンジェラと飲みたいと言ってるウチのメンバーは多いからな。とことん付き合ってくれるならありがたいぞ」

「わ、私はザッパ様と〜」

「それより——ヒカルといったか」

残りの食事を食べ終わろうとしていたヒカルに、ザッパが視線を向けている。

「……なにか？」

「…………」

じっ、ともう一度観察するように視線を向けてから、

「あんたたちはふたりでパーティーを組んでんのか？」

「もうひとりいますが、今回の依頼には来ていませんね」

「そうか」

ふむ、とザッパが腕組みすると、ギシッ、と酒場のイスが軋《きし》んだ。かなり頑丈な木製のイスだというのに、ザッパの身体を支えるには足りないのだろう。

ヒカルは視線を返しながら——ザッパのソウルボードを出現させる。

【ソウルボード】ザッパ＝グランフェイト　年齢35／位階56／2
【生命力】
【自然回復力】11／【スタミナ】14／【免疫】―【疾病免疫】3・【毒素免疫】3
【筋力】
【筋力量】19／【武装習熟】―【盾】5・【鎧《よろい》】5
【器用さ】
【道具習熟】―【斧《おの》】4
【精神力】
【心の強さ】9／【信仰】―【聖】3／【カリスマ性】3／【魅力】2

これまた偏りに偏ったソウルボードだと思った。

とはいえ、平均的に上げたソウルボードよりも偏ったソウルボードのほうが強さを発揮するのはヒカルもわかっていたし、おそらくギルドカードの「加護」もいいものが出るのだろうけれど。

（典型的なタンクだな）

と思う。

カリスマが伸びれば、クインブランド皇国皇帝のカグライが持っていた隠しスキルである「英雄性向」が出てくるのだろうが、そこまでではないらしい。あっちが国を率いるレベルのカリスマだとしたら、こっちは大型パーティーを率いるのにちょうどいいくらいのカリスマなのだろうか。

「あんた、ランクはいくつだ？」

ザッパに問われ、

「Gです」

隠す必要もないのでヒカルは答えた。

するとこのテーブルの話に聞き耳を立てていた冒険者たちが、

「──プッ、Gだってよ」

「──新人《ニュービー》じゃねえか」

「──なんだってあんなヤツが、あんな可愛い受付嬢と……」

失笑を漏らした。

「えぇっ、ランクG⁉　Gとおっしゃったの⁉　聞き間違いではありませんよね⁉　まさか、まさかポーンソニアのギルドは『ギルドの宝』である受付嬢の護衛にランクGをつけたのですか⁉」

アンジェラが笑みを隠しきれずに勝ち誇ったように言うと、フレアが、

「ヒ、ヒカルさんはランクこそ最低ですが、すばらしい能力と心をお持ちですぅ！　ヘル

タランチュラの討伐や、『黒腐病《こくふびょう》』に苦しむ王都での救護活動までしていたんですよぉ！　今回の護衛依頼が終わったら、特例でランクをEまでふたつ上げる予定で——」

「なんですかそれ、初耳なんですけど」

ヒカルが聞くと、「あっ」とフレアが両手で口を押さえた。

「……フレアさん。僕はそういう特例みたいなのが好きではないので、規定通りにお願いしますね？」

目立つし。目立っていいことなんてないし。

ランクを上げることは目標のひとつだが、ひとつずつでいいとヒカルは思っている。

「上がったとしてもランクE？　はぁ……ランクAのザッパ様と同席させるなんて私のミスでしたわ。ザッパ様、申し訳ありません。彼らにはすぐに部屋に戻ってもらって——」

「いや、ランクなんてどうでもいい」

「——え？」

アンジェラがおもねるように言ったが、ザッパはそれをぴしゃりと切り捨てた。

「ヒカル。あんた、いや、お前のパーティー全員でも構わん。『灼熱のゴブレット』に入らねえか？」

一瞬——酒場に沈黙が訪れた。

そして次の瞬間、

「ええええええええええええええええ――」

絶叫のような叫び声が響き渡った。

◇

翌早朝、目覚めたヒカルは宿の裏手にある広々とした空き地へと向かった。

そこで軽くトレーニングをするのだ。ウンケンに叩《たた》き込まれた身のこなし、攻撃パターンなどを身体に染みこませる。

「隠密《おんみつ》」は便利だし、これがあれば大抵の敵を倒すことができるのは間違いないのだが、それでも大勢の前で戦わなければならなくなったときや、不意を突かれたときにすぐに反応できるようにするには、身体を鍛えなければならない。

「ふう――」

1時間も動くと汗びっしょりだ。

移動の8日間はほとんどトレーニングできなかったので、身体が硬くなっているのを感じる。井戸で水を汲《く》んで汗を拭いていると、

「あ」

宿の裏口から出てくる少年に気がついた。

「どうも……お早いんですね」

天然パーマの青い髪は鳥の巣のようになっており、丸い眼鏡の下にはそばかすが散っていた。この世界では珍しい眼鏡だ。ただサイズが合わないのか、しきりに指で押し上げている。

冒険者として外にいることが多いだろうに、彼は病的なまでに色白だった——「灼熱のゴブレット」のアシスタントメンバーである少年だ。

小さな身体には不似合いなほどの大きな容器に、多くの衣服を山のように積んでいる。

「洗濯ですか？」

「はい。今日は出発がお昼頃だというので、今のうちに洗って干しておかないと」

「…………」

ヒカルが井戸からどくと、少年は桶《おけ》を落として水を汲み上げている。

「ふぅ、ふぅ、ふぅっ……」

1杯汲み上げるだけで手一杯という感じだ。

「——手伝いますよ」

「えっ!?　い、いえ、そんな……」

「それでは洗い始める前に朝食の時間になってしまいますよ」

ヒカルはこれでもソウルボードに「筋力量」2を振っている。軽々と汲《く》み上げて少年の容器に水を入れていくと、目を丸くして言う。

「す、すごい力ですね……」

「ええ、まあ。……この仕事はあなたの担当なんですか？」

「はい。筋肉をつけなきゃいけないからって先輩が……。あ！　で、でも、別にイヤだとかそういうことはないんですよ。食べないと筋肉はつかないって言って、先輩はぼくにもっと食えってお肉を寄越してくれたりするんです」

ひょっとしたらこの少年はいびられて、大変な仕事をさせられているのかと思ったヒカルだったが、意外とそういうことではないようだ。

「ぼくは冒険者を目指しているんですけど、全然ダメで……目も悪いし」

「眼鏡をつけないと見えないんですか？」

「はい。ザッパさんがぼくにくれたんです」

「……へえ」

この世界はガラスの製造技術がさほど高くなく、眼鏡のレンズに至っては職人の手作りだ。

「ザッパさんはすごいんですよ！　ぼくらみたいなアシスタントにも優しくて。ぼくが冒険者を目指したいと言ったら『あきらめなければいつか叶《かな》う』って、眼鏡をくださって……どこかからのもらいものだって言ってましたけど、眼鏡がびっくりするくらい高価な

ものだってことはぼくだって知ってます」

「そう……ですか」

「……どうして、ですか。ヒカルさん、でしたよね。どうして、ザッパさんのお誘いを断ったんですか」

昨晩、「灼熱のゴブレット」に勧誘されたとき、ヒカルは、

――お断りします。

と即答していた。

そして追加の勧誘が来たり面倒ごとが起きる前にさっさと酒場から退散した。

「『灼熱のゴブレット』はランクAパーティーですよ!? 毎年、ヴィレオセアンの首都で行われる入隊選抜試験には100人以上の冒険者が応募するんです！　それくらい人気のパーティーだって知らないんでしょうけど――」

「あなたは……ええと、名前は」

「……ぼくはスケアといいます」

「スケアさん。あなたは人気の職業だから冒険者になりたいんですか？」

「ちっ、違います！　ぼくは夢とロマンを追いかけて、きらきらしている冒険者が好きなんです！」

一攫千金《いっかくせんきん》とか、財宝にロマンを感じるとかではなく、それを追いかけ「きらきらしてい

る冒険者が好き」というのは面白いなと思いつつ、ヒカルは、

「つまりそういうことです。僕は『灼熱のゴブレット』に入るために冒険者をしてきたんじゃないですから」

「それは……。でも、ランクAパーティーですよ？　いつかヒカルさんもランクAになれると思うんですか？」

「別になれなくてもいいじゃないですか。僕は身の丈に合わない夢は追わないので」

「……そうですか」

するとスケアの目から光がスッと消えたようにヒカルには感じられた。まるでまったく興味をなくしてしまったかのように――黙々と洗濯を始めた。

「それじゃ、僕はこれで」

「あ、はい。水汲《く》みありがとうございました」

一応礼儀は弁《わきま》えているのか、立ち上がって礼をしたスケアからヒカルは離れた。

（……「灼熱のゴブレット」か）

実は、昨晩パーティーへの勧誘を断ったあと――部屋に戻ってからフレアに言われたことがあった。

――ヒカルさんが加入すると言わなくてよかったですぅ。

かなり気を張っていたのだろう、フレアはほっとしたような口調で言った。

――ランクAパーティー「灼熱のゴブレット」は、実績がすばらしいのはもちろんなのですが……実は黒いウワサもあるんですぅ。

彼らはヴィレオセアンでのみ活動しているので、ポーンソニア王国の冒険者ギルドにいるフレアが知っている範囲は限られているのだが、それでも「内々の話」としてフレアも耳にしていたのはこんなところだ。

他のパーティーをダンジョン内で襲撃した疑惑がある、とか、ブラックマーケットで取引している、とか、禁制の薬物を取り扱っている、とかだ。

これらは真偽不明の情報ではあった。

――「火のないところに煙は立たない」とも言いますけどぉ……直接会ってみた感じでは、ザッパさんたちにそういった後ろ暗い感じは全然なかったですねぇ……。

それでも悪いウワサは悪いウワサではあるので、ヒカルが「灼熱のゴブレット」に入らなくてよかったとフレアは言った。

(黒いウワサ……にもかかわらずザッパさんはまともな人っぽかった。僕をいきなり勧誘してきたのは気になるけど……)

もしかしてソウルボードを確認できるような能力を持っているのか？　なんて考えてみたが、それはあまりに現実的ではなかった。

ザッパは自分の物怖《ものお》じしない態度、物腰の油断のなさで判断したのではないか――あるいはギルドの受付嬢の護衛をたったふたりでこなしているあたりから判断したとか？

（ま、どうでもいいか。どうせこの依頼が終わったら二度と会うこともないだろうし）

ヒカルはのんびりと散歩でもすることにした——その後ろ姿を感情のない目でじっと見つめていたスケアには気づかなかった。


ツェン＝ティ湖までの道のりはそう険しいものでもなく、凶暴なモンスターも、山賊の類《たぐい》も出現しない平和なものだった。

平和でないのはそこを通る人々だった——たとえばギルドの受付嬢とかだ。

「あらあら、まだこんなところにいらしたの？　貧乏な王国のギルドは大変ですねえ」

「そちらこそ、こんな平和な依頼にランクAのパーティーを駆り出したりして、才能の無駄遣いといったらありませんねぇ？」

「ザッパ様はお優しいのでこの依頼を無駄だなんて思いませんわ！」

「私のギルドもヒカルさんに規定の報酬をお渡しするので、けっして貧乏でもなんでもないですぅ！」

ツェン＝ティ湖に至るまでの街道沿いには集落はほとんどなく、時折国境を越えてヴィレオセアンに入ったりすることはあるものの、基本的にはフレア一行もアンジェラ一行も同じ場所で休むことになった。

そこで起きるのはギルドの受付嬢同士のバトルだった。

なんでそこまで争うのか……とヒカルは思うのだけれど、実はこのふたり、入職がほとんど同期で、受付嬢の基礎訓練の一環で行われる最終テストの得点で1位と2位を争った間柄——ということをフレアから聞いた。

どちらが1位だったのかはわからない。フレアはギルドのお偉方に、「君と同じくらい優秀な受付嬢がヴィレオセアンにいてねえ。このワンツーフィニッシュは我々も驚いたのだよ」と言われたのだとか。おそらくアンジェラもヴィレオセアンにいたお偉方に似たようなことを聞かされたのだろう。

(なんという面倒なことを言ったんだ)

もちろんギルドの上層部だって、このふたりが同じ依頼を引き受けることになるとは思わなかっただろう。

だがこのふたりはそのときの話をしっかりと覚えていたし、お互いの名前を知るや、当時の記憶が呼び覚まされたということか。

(ふたりが同期ねぇ)

年齢ではアンジェラのほうがずっと上のようだけれども。

それでも受付嬢同士で言い合いしているぶんには、「見苦しい」以外の問題はないし、フレアも対抗意識を燃やしたりするのだなと思うと、それはそれで新鮮だった。

「……ふむふむ。あのアンジェラさんはヒカル様に……近寄ることはなさそうですね！」

ポーラがヒカルをじっと見つめながらそんなことを言った。

「近寄る？　なにそれ」

「いえいえ！　こちらの話ですよ」

ポーラは満足そうに離れていった。「安心してね、ラヴィアちゃん」とかなんとか言いながら。

「？」

ひとりわからないのはヒカルである。

「それにしても――」

今日一日の移動が終わった集落には夕闇が迫っていて、村長がお屋敷を開放して寝床を確保してくれている。

お屋敷のそばでは「灼熱のゴブレット」のアシスタントメンバーたちが装備品の点検や必要な食材の買い足しなどをしていた。

そこにパーティーメンバーも入り、「明日の移動は朝からだぞ」「遅れてる者はおらんか。スケアは体力がないだろ、問題ないか」と声を掛けている。

チームワークはなかなかのものだなとヒカルは思った。

この平和な光景のどこから黒いウワサなんてものが立つのかわからないほどに。

「……明日はいよいよツェン＝ティ湖か。明日からはしばらく湖畔《こはん》の集落に滞在することになりそうだけど……」

ダンジョン周辺がどうなっているのかという情報はまだ入ってきていない。

「前回の『世界を渡る術』から1か月経《た》ってないけど、今のうちにやっておくか」

その日の夜、ヒカルはみんなが寝静まるのを待って寝床を出た。

宿から少し離れると深い森に入る。10分ほど進んだところでヒカルは立ち止まった。

「尾行しているような人は……ま、当然いないな」

「魔力探知」で確認すると誰もついてきていないのがわかる。方向性を絞れば宿にいる人たちもわかる——人数や動きにほとんど変化はない。まだ酒を飲んでいるらしい「灼熱のゴブレット」のメンバーがいるくらいだ。

「世界を渡る術」の魔術が記された紙を地面に広げる。先日完成させた「四元精霊合一理論」に基づいた魔術台をセットする。

ヒカルの「魔力探知」ならば完璧なバランスで4種類の魔力を掛け合わせることができるが——今日はさほどの魔力も必要ないので、すっかすかの小石サイズの精霊魔法石で済ませてしまう。

触媒をセットすれば、4色の光が交ざり合い、魔力が柱のように立ち上り、空間に亀裂が生まれる──。

「……なに？　こっち真夜中なんだけど？」

向こうでもバリバリと音が聞こえたのだろう、目を覚ましたらしいセリカがベッドに身体を起こしてヒカルをにらみつけている。

「でしょうね。こっちも真夜中ですから」

「……なにか緊急事態？」

「いえ。ただ急ぎの仕事があって今回の行き来はスキップしなければいけないので、その連絡です」

「そう……って、スキップしたら次回はもう年末じゃん!?　ダメだよ、ダメ！　あたし年末年始のイルミネーションを見に行こうって約束しちゃったんだから！　話し合いの結果次第であなたがこっちに来ることもあるんでしょ!?」

「それは──そうですね。というか今回は僕らがそちらに行って、セリカさんに戻ってきてもらおうかと思ってます」

ラヴィアが日本に行きたがっているからだ。

「なおさら年末はダメよ!!　その前に日本滞在をするか、その後にして！」

「うーん……それじゃあ、あと10日後くらいにやります。もしかしたら何日か遅れるかもですけど……」

「12月に入ってすぐってくらい？　わかったわ。じゃあ、あたし寝るから」

「はい、おやすみなさい」

ぱたんと倒れるとそのまま目を閉じてすーすー寝入ってしまった。

「…………」

夢だと勘違いして忘れたりしないよな？　とか考え、大急ぎで今の話をメモして亀裂の向こうに放り込んでおいた。

そしてヒカルは亀裂が閉じていくのを見守った。

魔術が終わった紙はその場で燃やしてしまい、「四元精霊合一理論」の魔術台だけ手にすると、ヒカルは宿に戻る——。

「！」

そのときふと視線を感じた。

「…………」

ここは深い森だ。視界は悪く、月の光もほとんど射し込まない。「魔力探知」で確認しても、動いているのは夜行性の動物や虫くらいのものだ。

「……『直感』はなにを感じ取ったんだ？」

ヒカルのソウルボードには「直感」を3つ振ってある。

これがなにかを感じ取ったのだろうが——それがなにかまではわからない。

「ここで僕がなにをしていたかまではわからないだろうけど……」

ヒカルはもう少し慎重に行動するべきだろうかと考えた。

そろりそろりと歩いて戻ると、宿の食堂にはまだ明かりが点《とも》っている。そこから足音を立てて出てくる男があった。

「――おや、お前は……」

だいぶ酒を飲んだらしいザッパだった。

「こんばんは」

「なァにしてたんだ？　こんな夜更けに散歩ってのも面白くねえだろ」

「眠れなくて」

ヒカルは「隠密《おんみつ》」を使ってこっそりと戻ることも考えていたが、もしかしたらこのザッパが自分を見ていたのではないだろうかと一瞬思い、あえて姿を見せてみることにした。

「はっはぁ、どうしたどうした。そういうときはな、女でも抱いて寝ちまうのがいちばんだぞ？」

「はぁ……」

「ついてこい」

「え？」

「俺はまだ飲むが、お前は酒をやらんだろう。せめて小便くらい付き合え」

「いや、僕は──うわっ」

断ろうとしたが、ザッパの長い腕がにゅっと伸びてヒカルの肩を抱くようにつかんできた。近寄るとめちゃくちゃ酒臭い。

どうやら自分を見ていたのはザッパではないようだ。

「お前は面白いヤツだな。俺のパーティー勧誘を断ったのはお前が初めてだぜ」

「狙いが不明でしたからね」

「おいおい、ひょっとしてお前、どこかの貴族の子どもか？　そんな発想はふつうの冒険者はしねえぞ」

「…………」

言われてみるとそうだ。自分はそれなりにうまく冒険者としてこの世界に溶け込めているとヒカルは思っていたが、案外ダメダメなのかもしれない。

「まあ、事情があるんだろうなということはわかった」

「……なぜ、僕なんですか」

「あ？」

「ひょろっとした、ちょっとこぎれいなだけの子どもですよ、僕は」

「さあ、なんでだろうな。俺は別に勘がいいとか頭がいいとかそういうことはねえんだがなあ──おっと、ここだ」

ヒカルの手を離してザッパは男性用トイレへと入っていく。

「お前小便は？」

「結構です」

「ガハハハハ」

笑い声の後に、盛大な放尿音が聞こえてきてヒカルはげんなりした。

「おい、ヒカル！　まだそこにいるな？」

「……いますよ」

「なぜ自分を選んだのかとお前は言ったが……なぜだかお前のことがなんとなく気になった。それじゃダメなのか？」

「ランクA冒険者とは思えない発言ですね」

「冒険なんてものはそういうもんだよ」

トイレから出てきたザッパは「そんじゃあな」と手を振って去っていった。

ガハハハハと笑いながら——。

「…………」

デリカシーのない男も、粗野な男も嫌いなヒカルだったが、なぜだかザッパは嫌いになれない自分がいた。彼はよく笑うし、わからないことはわからないとはっきり言う。飾ることをしないのだ。だけれどその反面、すさまじい自信家でもある——。

ラヴィアやポーラと出会っていなければ、きっと自分はあの人の勧誘に応えてパーティーに入っていたかもしれないな——とヒカルはそんなことを思った。

「面白い人だな」

◇

深い森を抜けると視界いっぱいにツェン＝ティ湖の満々とした水面が見える。

淡い水色に染まる湖は、吹き抜ける風に小さな波が立っている。

トンボによく似た虫が数匹飛んできてどこかに消えていった。

「気持ちのいいところですね」

湖畔《こはん》の道を馬車で進んでいく。ヒカルの言葉にフレアが答えた。

「あそこですよぉ、集落は」

湖に突き出るように長い桟橋《さんばし》があって、10隻《せき》ほどの漁船がつながれていた。

桟橋を囲むように20軒ほどの民家がある。

集落——としか呼びようがない。ここの集落には代官もいなければ村長もいない、漁民が集まっただけの集落だった。

「ようやく着きましたね。それにしても……ヴィレオセアンから来た人たちは遅いな」

出発がヒカルたちのほうが早かったこともあるが、「灼熱のゴブレット」はずっと後方にいてここからは見えず、ヒカルの「魔力探知」の範囲外だった。

「そうですねぇ……大所帯ですし、道も細いので」

「ああ、確かに」

なんだか歯切れの悪いフレアではあったけれど、どうせなら来なければいいのにとでも思っているのかもしれないと、ヒカルは納得した。

集落に近づいてみると、湖で魚を獲って暮らすのどかなところ——と当然思っていたのに物々しい雰囲気が漂っていた。

「——いい加減にしろ。ここが我が王国領土であることは明白だ！　地図も読めんのか!?」

「——この集落はツェン＝ティ村として我がヴィレオセアンが実効支配しておる」

「——なにが実効支配だ。あわててやってきたくせに」

「——そちらこそなにが領土だ。管理もしておらんくせに」

30人ほどのふたつの部隊が集落の中央で向かい合っていたのだ。

それを、集落の住民たちがこわごわと遠巻きに見守っている。

「ちょっと私行ってきますぅ！」

「フレアさん！　僕も行きます！」

馬車が停まるや飛び降りたフレアについてヒカルも走る。

「王国から出ていけ！」

「国境線を引き直すのだ！」

「なにを！」

「なんだと！」

「ストーップぅ！」

指揮官ふたりが剣に手を掛けたところへ、フレアが飛び込んだ。

「なんだ小娘！」

「わ、私は冒険者ギルドから派遣されてきた職員です！　私に剣を向けるということは、冒険者ギルドに剣を向けることになります！」

「む……」

フレアの服装がギルドの制服であることに気がついたのだろう、指揮官はふたりとも動けなくなった。

「だが、ここは王国の領土に違いない」

「なにをバカな。散々放置しておいてなにが領土か」

「地図を持っておらんのか、ヴィレオセアンの国民は」

「ならば聞くが、昨年秋の嵐で破損した栈橋《さんばし》を直したのは誰だ？　我らヴィレオセアン軍ぞ」

「あぁん？」

「おぉん？」

すぐにまた言い合いを始めてしまうと、

「お願いですから、ここで口論はやめてくださいぃ……」

先ほどの毅然《きぜん》とした態度はどこへやら、フレアは頭が痛そうに額を押さえた。

「とりあえずぅ、代表の方に来ていただいて話しましょう。兵士の皆さんは一度集落から出ていただかないとぉ……住民の皆さんが怖がってますよ」

「む……」

「それは本意ではない……」

指揮官たちは納得したのか兵を下がらせた。

「あ、ありがとうございます、お嬢さん」

「あなたは……」

「ワシはこの集落の代表を務めております」

やってきた老人は集会所を使ってくださいと、広めの建物に案内してくれた。

建物と言っても、地面が剥《む》き出しで、大きなテーブルと丸太を切っただけのイスがあるという小屋であった。

フレアを中心に、左右にポーンソニア王国代表指揮官、ヴィレオセアン代表指揮官とがテーブルを挟んで座る。ヒカルとポーラはフレアの背後に立った。

「私はポーンソニア王国王都冒険者ギルド所属の職員フレアと申しますぅ。後ろのふたりは護衛なのでお気になさらず」

衛星都市ポーンドのギルドは「王都ギルドの所属」になっているようだ。

「おお。王都からわざわざありがたい」

王国の指揮官は、小太りでちょびひげの生えた男だった。

「なに、王国のギルドか!?　ならば信用ならんぞ！」

ヴィレオセアンの指揮官は日に焼けた男で、こちらにもちょびひげが生えていた。

「冒険者ギルドは国際的な組織でぇ、片方の国に肩入れすることはありません」

「そうは言ってもだな、これは国境線に関わる問題。我らが総首領も注視しておられる」

海洋国家ヴィレオセアンは特殊な国の成り立ちをしていて、王国のトップである「国王」と同じ地位が、ヴィレオセアンの「総首領」だった。

ヒカルも話に聞いたことしかなかったが、ヴィレオセアンの総首領は女性だという。

「……わかりましたぁ。もうしばらくしたらヴィレオセアン側のギルド職員も到着する予定ですから、それから話し合いましょう――」

「――待つ必要はありませんわ」

　とそこへ入ってきたのはアンジェラだった。

「私がヴィレオセアン首都冒険者ギルドのアンジェラです。お話は公平にうかがいますわ」

「おお！」

　日に焼けた指揮官が腰を浮かせて喜ぶ。

（ん……ザッパさんはどこだ？）

　この場に来たのはアンジェラだけだった。

　ザッパをはじめとする「灼熱のゴブレット」の面々は集落の中央に集まってなにかやっている——彼らといっしょにいるのは集落の住民だろうか？　それにしても数が多い。

　そちらも気になるが、ヒカルの仕事はあくまでもフレアの護衛だ。ここを離れるわけにはいかない。

「まず、お互いの紹介からお願いしますわ」

　いつの間にかその場をアンジェラが仕切り出すと、日焼けした指揮官はヴィレオセアンの国軍所属の騎士だという。

　一方の小太りの指揮官はこの地方を治める子爵の家臣だそうだ。

「では地図を出しましょう」

　アンジェラがテーブルに地図を広げると、それは冒険者ギルドが作成したもののようでヴィレオセアン首都ギルドの署名があった。

「ツェン＝ティ湖とこの集落はここです」

確かに、国境線はツェン＝ティ湖上に引かれている。この湖から流れ込む川、流れ出る川に沿って直線上に引かれているのだ。

集落は——明らかに、王国側にあった。

「ふふん、どうだ。ここが、この集会所すらも、我が王国の領土であり、我が主《あるじ》の子爵閣下の領地だということだ」

「そんなことは最初からわかっておる。この集落は我がヴィレオセアンが実効支配していたということを言っている」

「なにが実効支配だ。やすやすと我らが入ってこられたではないか」

「こんなところで戦争をしたいのか？　望むならやってやるが、いたずらに血を流すことに我らはなんの興味も持たない——」

「言い合いはおやめください」

相変わらず口論が始まりそうなのをアンジェラがスパッと切った。

このあたりはさすがギルドの受付嬢と言うべきか。

「実効支配しているという証明ができますか？」

「無論だ。10年にわたるこの集落の納税証明を見せよう」

「!?」

納税証明というワードに、小太りの指揮官がぎょっとした。

「そ、そんなバカな……こんな小さな集落が納税をしていただと？」

「なにかおかしなことがあるか。さっきも言っただろう、我々は昨年の嵐で被害に遭った集落の救援にやってきたし、ツェン＝ティ湖で獲れる魚もヴィレオセアンには流通している」

「こ、ここは子爵領の開拓村だ！　そもそも無税で管理されるべきところを、納税させるほうがおかしい！」

「漁民に開拓もなにもなかろう。仮に開拓村だとして10年以上も無税で放置しておくとは、『管理していなかった』と言われても仕方あるまい？」

「むうう！」

「落ち着いてください」

テーブルを叩《たた》いて立ち上がろうとした小太りの指揮官を、アンジェラがいさめる。

「……議論を整理するとこうですね？　二国間で協定した国境によると、この集落は王国所有となっています。しかし実質的に統治していたのはヴィレオセアンであると」

「そのとおりだ」

「ぐぬぬ……！」

日焼けした指揮官がうなずき、小太りの指揮官がなにか言おうとしたが、彼も彼でこの集落を放置してきたという自覚があるのだろう、なにも言えないでいた。

「ではここからが協議になりますが、ヴィレオセアンは今後もこの集落を統治したいとお考えですか？　仮に、国境線は動かさないままでも」

「それはもちろんそうだ！　我々は集落の者と心を通わせているし、彼らも我々を頼みとするだろう」

「ええ、そうでしょうね。集落の人々にアンケートでもとったら確実にヴィレオセアンの皆様を支持すると思いますわ」

「そうだろう？」

ヴィレオセアン側の指揮官は「勝ったな」という顔をした。

彼らはこの集落を足場にしてダンジョンを独り占めできると踏んだのだろう。

「しかしながら——ダンジョンの所有については集落とは関係ありませんね？」

「……なんだって？」

「ダンジョンはこの集落のすぐそばに出現したそうですが、集落が管理しているものではありません。ダンジョン管理についてはこれから決めなければなりません」

「そ、そのとおりだ！　王国の土地にあるダンジョンだから、つまり我々のものだ！」

王国の指揮官が快哉《かいさい》を叫ぶ——のだが、

「なっ……？」

ウオオオオオオッ、という叫び声が外から聞こえてきた。

「なんだ今の声は……」

「あらあら」

アンジェラがにっこりと笑った——もともと吊《つ》り目のきつめな美人である彼女が笑うと、嘲笑《ちょうしょう》しているように見えた。

「ランクA冒険者のザッパ様が始めてしまったようですね？　つまるところ、このダンジョンを誰が管理すべきか、その管理者にふさわしいのが誰かを決めなければならないということです。王国なのか、ヴィレオセアンなのか——それとも」

あるいは彼女は、はっきりと嘲笑していたのかもしれない。

「冒険者ギルドなのか」

ふたりの指揮官とともにフレアとアンジェラが外に出て、それにヒカルとポーラも続いて行く。

「こんなに集まってたのか……」

集落の中央には多くの人々が集まっていた——その多くは冒険者だった。

「冒険者よ!!　ダンジョンのウワサを嗅ぎつけ集まった欲深き同志よ!!　まだ誰もつかん

だことのない栄光を夢見る勇者よ!!」

中央にいたのはザッパだった。

屈強な冒険者がこれだけいても、ザッパだけは一回り大きな身体ですぐにわかる。

ツェン＝ティ湖のダンジョンについてすでにウワサは流れており、冒険者たちが集まってきていたのだろうか。

（だけど——冒険者を集めてなにをする気だ？）

ヒカルたちが向かうと、ザッパはさらに声を張り上げた。

「世界が新たなダンジョンの誕生に興奮している！　お前もか!?　お前もか!?　俺もそうだ!!　ダンジョンを目の前にして、俺たち冒険者は入らずにはいられねえ！　そうだろ!?」

ウオオオオオオオ——と冒険者たちが反応する。

「ダンジョンは誰のものだ!?　貴族か!?　軍か!?　違う！　ぜってぇに違う！　ダンジョンに入るのは自由だ！　そうだろうが!?　だが、もし仮にだ、『ダンジョンが誰のものか』と強いて言うなら——」

ザッパは両手の拳を天に掲げた。

「——最初に踏破したヤツのものだ!!」

冒険者たちの興奮は最高潮だ。

そして彼らは全員が全員、ザッパの言うことに賛成している。

「早い者勝ちだァッ!! ダンジョンを最初に踏破したヤツが、このダンジョンを手に入れる!! 行くぞォォッ!!」

ワアアアアアアアアアア――。

大歓声とともに冒険者たちが一斉に集落の外へと向かう――おそらくダンジョンのあるほうへと。

「な、な、な……こんなことは許されんぞ!?」

「そうだ! ダンジョンはきちんと管理せねばならん、危険な存在だ!」

指揮官のふたりがここにきて初めて意見を一致させると、アンジェラが、

「あら? であればおふたりがお連れの兵士たちが、力尽くで押さえつけますか? 目の前に手つかずの宝があるとわかっている冒険者を相手にするのは骨が折れると思いますが……それに、ランクA冒険者パーティー『灼熱のゴブレット』を相手にするには数十人では足りないでしょうし」

「ぐっ」

「むむむ……」

指揮官たちは歯噛《はが》みすると、

「この件は、本国に報告させてもらうぞ! しかるべき判断が冒険者ギルドには下される

であろう！」

「『灼熱のゴブレット』が我が国で人気があるからと調子に乗りすぎるな！　冒険者など、国家権力の前ではなにほどもないのだからな！」

捨て台詞《すぜりふ》を吐くと指揮官たちはふたり仲良く肩を並べて去っていった。

「……いいんですか？　あんなふうにケンカを売って」

「大丈夫ですよぉ、ヒカルさん。こういうやり方が、アンジェラさんはお好きなようで……」

はぁ、とフレアがため息をついていると、

「ほら、王国の受付嬢さん。ぼさっとしてないで『リンガの羽根ペン』を設置するわよ！　こっちの筋書き通りに進んでるってギルド本部に連絡しなくっちゃ」

にっ、と笑った――イタズラが成功したかのような笑顔で、そのときのアンジェラにはキツそうな表情は一切なく、無邪気で可愛らしささえあった。

「？」

「？」

ヒカルとポーラはわけがわからず、顔を見合わせただけだったけれど。

◇

説明によると、こういうことだった。

冒険者ギルドとしては国家間の紛争に巻き込まれることを最も避けたかったたし、貴族や軍がすでに動いていることは想定済みだった。

そしてギルドとしてはダンジョンの調査をさっさと終わらせたいのが本音だ。

二国間の争いとなれば長引くし、その間はダンジョンの調査すら許されなくなる。

となれば一時的にでも冒険者ギルドが二国にとっての「共通の敵」となればいい。ツェン＝ティ湖という辺境にあるダンジョンを本格的に取り戻そうと国家が動くには、半年、早くとも3か月はかかる。それだけ時間があればダンジョンの調査も余裕で終わるし、ギルドはいくらでも言い訳ができる。

武力衝突が起きれば集落に被害が出る可能性が高く、それを防ぐためにやむを得なかったとかなんとか。

詰まるところ、ギルドは「さっさと調査」して、「さっさと手を引く」ことを考えているのだ。モンスターがあふれるような危険性がなければ、あとは二国間で勝手に争ってくれということだ。

「それに、ダンジョンは発見されてすぐが、いちばん多くの財宝を手に入れられますからねぇ」

長距離通信の魔道具である「リンガの羽根ペン」を集会所に設置し終わったフレアが言った。

「冒険者ギルドとしては、財宝を得られれば利益は約束されたようなものですからぁ……『灼熱のゴブレット』ほどの大型パーティーを派遣したのは、確実にダンジョンで利益を得るのと、戦利品をギルド本部に運ぶためでしょうねぇ」

「なるほど、すごいですね」

ヒカルは素直に感心した。

ふたりの指揮官を煽るというのはかなりの荒技だが実際にうまくいっているし、効果もあった。問題があるとすればポーンソニアやヴィレオセアンから恨まれそうなことくらいだが、ギルドがすぐにダンジョンを手放せば、彼らの敵意はお互いの国に向かう。そうなればば冒険者ギルドへの恨みなんて忘れてしまうだろう。そのときこそギルドは「中立」の立場で二国間の調停に動くのだ——正確なダンジョンの情報をちらつかせて。

「私はあまり、こういうやり方は好きではないのですがぁ、アンジェラさんに頼まれましてぇ……」

ヒカルの知らないところでフレアとアンジェラは打ち合わせをしていたようだ。

ヴィレオセアン組の到着が遅れたのもなにか意図的なものだったのだ。フレアが指揮官を引きつけて兵を追い出し、その間にザッパたちは冒険者を扇動する計画だ。

だから「アンジェラの到達が遅い」とヒカルが言ったときフレアの歯切れが悪かったのではないか。

「それじゃぁ、私はアンジェラさんと一緒にギルドへ報告しなければなりませんので、ヒカルさんとポーラさんは休んでてくださぃ」

「いや、僕らは仕事をしますよ？」

「え⁉ ダ、ダメですよぉ、ダンジョンに入ったりしたら！」

「違いますって……フレアさんの仕事はダンジョンの調査でしょう？ 集落やダンジョン周辺の情報を集めてきますよ。僕らの仕事は『護衛』ですけど、フレアさんの仕事が早く終われば早く帰れますし」

「ヒカルさんはダンジョンに入りたいって思わないんですかぁ……？」

「うーん、今はそれよりも早く帰りたいですね」

フレアは「理解できない」という顔をしていたが、どうしても入らねばならない理由でもない限り、ヒカルとしてはダンジョンになんて挑戦したくはなかった。ダンジョンを本格的に攻略しようと思ったらヒカルとて命の危険がある。

「ダンジョン内部の調査は『灼熱のゴブレット』に任せますよ。それじゃ」

ヒカルは集会所を出てポーラと歩いていく。

アンジェラが「灼熱のゴブレット」のメンバーと話をしているのが見えたが、彼らはやはりダンジョンに潜るのだろう。

「ヒカル様、ダンジョンの調査ってなにをするんですか？」

「そうだなぁ……とりあえずダンジョンを見に行ってみようか。入るつもりはないけど、まったく見ずに調査ということもあり得ないし」

ダンジョンは集落から歩いて10分ほどの距離にあった。冒険者たちが行き来しており、すでに商人がさまざまな物資を持ち込んで商売を始めていて、商魂たくましいなとヒカルは思った。

入口は、まばらな木立の向こうに湖が見えている場所にあった。

なんの脈絡もなく唐突に盛り上がった小山が現れて、そこにぽっかりと空洞が口を開けている。

「ふーむ……」

こんなものが昔からあったのだとしたら、近くに住んでいる集落の住人が見逃すはずがない。やはり突如として出現したのだ。

そのきっかけ《トリガー》が、自分が踏み込んで解放したあの「大穴」にあるのだとしたら……。

「……そんなこと考えても仕方ない、か」

「どうしたんです、ヒカル様？」

「なんでもないよ。一度集落に戻ろう——」

と言ってヒカルが振り返ったときだった。

「おいおい、邪魔なんだよ。低ランク冒険者がこんなところに突っ立ってたらよお！」

「灼熱のゴブレット」の冒険者がそこにいた。

国境の町の酒場で問題を起こしたあの冒険者だ。

見た目からして高価そうな金属鎧《プレートメイル》を着て、腰には剣を吊《つ》っていた。そんな冒険者が5人ほどと、荷物持ちらしいサポートメンバーも引き連れている――そのうちのひとりにスケアがいた。

「なんの間違いでザッパさんがお前みたいな素人《しろうと》をパーティーに誘ったのかはわからねえけどな、勘違いするんじゃねえぞ。ザッパさんがいいと言ったってお前がウチに入れる可能性はゼロだ」

ザッパによるヒカルのパーティー勧誘は彼らにとっても衝撃だったようで、あれ以来敵意に満ちた視線を向けられることが多かった。

ヒカルが「灼熱のゴブレット」とザッパに興味がないとわかったスケアも、井戸で会話して以来、ヒカルに話しかけてくることはなかった。

彼らにとってザッパという存在は「絶対」なのだ。

「いや、そもそも入るつもりないし」

「勘違いするなっつったろうが！　最低でもランクC以上の実力がない野郎はパーティー

に入れねえんだよ！」

話が通じない人だな……とヒカルが呆《あき》れつつ、関わり合いになるのも面倒なので横にどこうとすると、

「ヒカル様は冒険者のランクなんかじゃ測れないほどのすばらしい御方なんです！　あなた方がヒカル様のパーティーに入らせてくださいと言っても入れてあげませんからね！」

え、ポーラさん？

拳を握りしめてポーラが力説している。

「はあああああ⁉　なんで俺たちがこんなしょぼいガキのパーティーに入るんだよ！」

「ヒカル様の成し遂げた数々の偉業を知れば、あなた方もきっとひれ伏すことになるでしょうね……」

「……こ、こいつ目がイッてやがる。もう行こうぜ」

ヒカルが止める間もなく、冒険者たちはドン引きした顔でポーラから距離を取り、迂回《うかい》しつつダンジョンへと入っていった。

「…………」

「ようやく彼らもヒカル様の偉大さに気づいたようですね」

「今のは……いや、まあ、もういいや……」

暗躍しまくってるのはシルバーフェイスでありヒカルではない。冒険者ヒカルは最低ラ

ンクで最近はたいして依頼もこなしていないという状態なのだが。

とりあえず人前で「ヒカル様」を連呼するのだけはやめてもらおうと思うヒカルなのだった。

◇

ダンジョンは、その成り立ちや性質から大きく分けてふたつのパターンがある。

ひとつは「ダンジョンマスター」が生成したダンジョンで、そこに入ってきた生き物が死ぬと、それを養分としてダンジョンが育つ。ダンジョンマスターは他に、疑似モンスターを生成したりもする。

ふたつ目は自然の洞穴や遺跡のようなパターンだが、これも細かく分けると3パターンになる。

まずは「自然の洞穴」。ここにはモンスターがいることもあるが、財宝の類《たぐい》はない。ただし、まれに有名な盗賊が財宝を隠したりするケースもある。

次は「モンスターの巣」。ここには多くのモンスターがおり、素材を集めるモンスターハンターや特殊な植物を探すプラントハンターが狙う。宝石を溜《た》め込む習性がある「竜の巣」などは冒険者にとっては夢がある場所だが、危険と隣り合わせだ。

最後は「人工のダンジョン」だ。巨大な建物であったり、地下迷宮であったり。そんなものを造る目的はさまざまだが、トラップが仕掛けられて侵入者を排除する仕組みになっているのが一般的だ。長年放置されるとモンスターが棲み着き、さらに危険度が増す。

こういったダンジョンには貴重な宝物が隠されていることがふつうなので、それを目指して多くの冒険者が命を懸ける。

ヒカルはポーラとともに湖畔《こはん》の集落に戻ってきた。集落に住んでいる人たちから話を聞くと、あのダンジョンは突然出現したもので、中には大きな翡翠《ひすい》がいくつも転がっていたという。

ただ、それを取りに行こうとしたらモンスターがいたので命からがら逃げてきたそうだ。モンスターは紫色の魚の鱗《うろこ》のある半魚人だったという。

——俺たちは魚を獲って暮らすほうが性に合ってんだ。

と村人のひとりは言った。その表情が少し悔しそうだったのは、目の前のダンジョンを冒険者に奪われたという気持ちがあるからかもしれない。

さらに深掘りして話を聞くと、彼らはあんなダンジョンがどうしてこの集落のそばにあるのか、全然わからないという。

「長い年月放置されたせいで、自然発生したモンスターが棲み着いたってことかな。でもな……」

ヒカルが引っかかっているのは、聖ビオス教導国の「大穴」がきっかけで出現したダンジョンなのだとしたら、邪のエネルギーが関係していなければおかしいということだ。

そしてあの洞穴は、明らかにダンジョンだった。

なぜかと言えばダンジョン内がうっすらと発光していたからだ。これはダンジョンの4パターンのうち、「モンスターの巣」か、「人工のダンジョン」かのいずれかであると考えられる。

集落の人々に、あんなものが造られた記録も、記憶も、心当たりもないのだとしたらあれは「モンスターの巣」ということになるが、その場合「邪のエネルギー」はどうなるのだろう。モンスターが生来持っている邪のエネルギーみたいなものがあるのか？

情報が足りないなとヒカルは思った。

「ヒカル様、あれは何でしょうね？」

ポーラが指差したのは桟橋《さんばし》のそばにある小さな石碑だった。

そこだけ、キレイにカットされた石柱が並んで石碑を取り囲んでいる。

1メートルほどの高さしかないので目立たないが、このひなびた集落にあって異質な空気を放っていた。

「……ちゃんと手入れされているね」

石碑と石柱の周辺は掃き清められ、石碑も磨かれていた。

彫られた文字が磨《す》り減っているけれど、読むことはできる。

『――ツェン＝ティ湖に棲む人魚がいた
大地では暮らせぬ人魚が大地に暮らす人と恋に落ちた
かなわぬ恋だと同胞は笑った
だが人魚も人もあきらめなかった
人魚は人に変身する術を手に入れた
そうして大地でずっと暮らした――』

詩でもない、歴史でもない、古い物語のような書き方だった。

「……この湖に古くから伝わる伝承でしてな」

ヒカルたちの背後から声がした。振り返ると集落の代表である老人が立っていた。

「魚を獲るだけの集落ではございますが、この伝承があるために、年に数組は外から来る人もおります」

「『この伝承があるために』？　どういうことでしょうか」

「ええ、まあ……これは人と人魚との恋物語でしょう？　つまり種族差や身分差に悩む恋人同士がやってくるのです。問題は……ああ、いや、なんでもありません」

「問題？」

なにを言いかけてやめたのだろう。

「問題とはなんでしょうか。僕らはこう見えてもギルドの調査で来ています。もし隠したいことがあれば秘密にするので、正確な情報を教えていただけませんか？」

「ううむ」

老人は渋ったが、

「問題は、たまに心中してしまう者があることなのですよ……」

「心中」

石碑に刻まれた物語は「悲恋」ではなく、むしろ「あきらめなければ願いは叶《かな》う」といった類《たぐい》のものだが、実際に悩んでいるカップルはあきらめてしまうのだろうか。

日本にいたときには身分差なんてものを感じたことはなかったけれど、この世界では貴族と平民が結ばれることなんてほとんどあり得ない。

「……つらい現状をなんとかして乗り越えるよりも、永遠の愛を誓って命を絶つということですか？」

「ええ、そういうことで。冒険者さんはお若いのに聡明でおられる」

「いえ……。この石碑をちゃんと管理されているのは、ここを訪れる恋人たちのためですか？」

「そうですな、しかし……」

「しかし？　どうしました？」

老人は難しい顔のままだった。

この話にはまだ先があるのだろう、とヒカルの「直感」が囁《ささや》いた。

「知っていることを教えていただけませんか。集落の名誉は守ります」

「……その、冒険者ギルドはダンジョンの調査にいらしたのでしょう？　この集落ではなく」

「はい。とはいえ、周辺の集落についても情報が必要ですね。多くの冒険者が今後訪れる可能性もあるので、ギルドの支部を置く、なんてのは気が早いかもしれませんが、宿があるかどうか、そういうことは知っておきたいです」

「ふむ……」

老人は湖を見つめて険しい顔をした。

「……実は、元々伝わっている伝承はそこに書かれているものとは違うのです」

「違う……？」

「この湖の青さがそうさせるのか……『ほんとうの伝承』を聞いた恋人たちの心中があまりにも多くてですな……なるべく希望が持てるように、都合の悪いところは消して、石碑に刻んだのです」

「教えてください。その、都合の悪いところを」

「…………」

老人は湖を見つめたまましばらく語らなかった。

湖畔《こはん》から吹いてくる風は、身体を芯から凍《こご》えさせるほどに冷たかった。

第41章　伝承とダンジョン、人魚と半魚人

「そりゃぁっ!!」

至近距離まで突っ込んで振り抜かれる巨大なバトルアックス。

『ギギィイッ!?』

三叉《みつまた》の槍《やり》で受け止めようとした半魚人だったが、斧《おの》の刃は易々と槍の柄を叩《たた》き斬って半魚人の身体を真っ二つにした。

断末魔の叫び声を上げることもなく絶命した半魚人は、そのまま身体の端から灰になって消えていく。返り血を浴びた冒険者——ザッパの身体も、血が灰へと変化し、灰まみれになっていた。

「ふう……これが最後の1匹か」

「はい！　お疲れさまです！」

ダンジョンの入口でヒカルに絡んだあの赤髪の冒険者が、タオルを持って駆け寄ってくる。それを受け取りながらザッパは、

「血なまぐさくねぇのはいいが、汚れるのが面倒だな」

「はい！　お疲れさまです！」

「とりあえずここをキャンプ地にすんぞ」

「はい！　お疲れさまです！」

汚れたタオルすら恭《うやうや》しく受け取ったその冒険者は、仲間たちのところに戻って声を張り上げる。

「――今日はここでキャンプだ！」

だがそんなことはとっくにわかっていたらしいサポートメンバーたちは、すでに動いていた。

ここはダンジョンに入って5時間ほど進んだ場所にある大空洞だった。

野球でもできそうなスペースには30体ほどの半魚人がいたが、「灼熱のゴブレット」が全滅させており、あちこちに灰の山ができている。

サポートメンバーたちは魔石を取り出してから灰に特殊な水を掛け、固めていた。風が吹いて灰がまき散らされると、食事も寝床もめちゃくちゃになるからだ。

（人工のダンジョンだ。これならば崩落を心配する必要もねえな）

ザッパは高い天井を見上げてそう考える。

床も、壁も、天井も、ほんのかすかに光を放っているので全体の輪郭《りんかく》がわかる。

モンスターを倒すと灰に変わり、触媒の魔石類を遺す。

このふたつは人工ダンジョンの特徴だった。魔術によって造られたダンジョンだから、崩落や窒息の危険もない。

ザッパは周辺調査なんていうまだるっこしいことはしない。中に入って判断する。人工ダンジョンならば構造は安心だが、一方で凶悪なモンスターやトラップがある。しかしそれらは蹴散らせばいい。シンプルだ。シンプルなものはすばらしい。

「ザッパさん。ダンジョンについて報告します」

ザッパが武装を解いて、広げられたマットの上に腰を下ろすとスケアがやってきた。小さな手帳を握りしめ、憧れの人を前にしたかのように目は潤んで声は震えていた。

「モンスターは水辺からしか出てこないようです。壁面や地面に存在している緑色の鉱石は翡翠《ひすい》で間違いなく、品質にバラつきはありますが大型のものは相当な金額になりそうです。また水中に沈んでいた小さな黄金の粒は砂金であることも判明しました」

「ふむ……」

「いかがしましょうか？」

「デカい翡翠だけ持っていけ。あとは要らん」

「あ、そ、そうですか？　他の冒険者たちに譲ると……？」

「そんなものをちまちま集めてもたかが知れてる。砂金と魔石だったら、今は魔石の相場も上がってるからな……魔石を持ち帰れば十分だろう。ここについてきた冒険者たちにも美味しい思いをさせてやらねばいかん」

太っ腹な物言いに、ますますスケアの目が輝く。

「わ、わかりました――」

「――さっすがザッパの旦那！　わかってらっしゃるじゃないのぉ」

「そうそう！　さすがはランクAの冒険者様だよねぇ～！」

とそこへ、ザッパの肩にふたりの女の手が置かれた。

ダンジョン攻略に参加している他パーティーの女冒険者だ。

「おいおい……俺は今パーティーメンバーと話をだな」

「いいじゃない、もう終わったんだろ？　あたしたちと一杯付き合ってよぉ」

「やだぁ、ザッパさんの腕ってめっちゃたくましい！　もっと触ってもいい？」

ふたりは両サイドからザッパにすり寄っていき、手には酒が入っているらしい革袋を持っていた。

「しょうがないヤツらだな」

「ザッパさん、それじゃあ――」

「スケア、今の話は他のメンバーにも伝えといてくれ。――ああ、あとここに衝立《ついたて》をよろしくな」

「……わかりました」

ザッパは気前がいいが、女好きだ。こうやって言い寄られると誰彼構わず引き入れてしまう。過去に何度も財布を盗まれたことがあって、それ以来、パーティーメンバーたちは「ザッパさんに金の管理をさせてはいけない」を鉄の掟《おきて》としていた。

きゃあきゃあ言う女冒険者を好色そうな目で眺めながら、ザッパも酒を飲み始めた。これで彼は今日は店じまいだろう。スケアはそれを暗い目で見つめながらその場を離れていった。

「……チッ、なんだよザッパの野郎」

「……聞こえるぞ」

「……構わねえよ、なにがランクAだ」

人気のある冒険者もいれば、それを妬む者もいる。

「灼熱のゴブレット」以外のパーティー――女冒険者をザッパに取られたパーティーの男の冒険者たちは、ぶつぶつと文句を言いながら水辺に足を踏み入れて砂金の粒を拾い集めていた。

「………………」

スケアはぎゅううと手帳を握りしめた。

ダンジョン内は空気が循環し、温度は保たれるのがふつうだが、このダンジョンは低めの温度になっているのか冷たい風が吹き抜けた。

◇

「……人魚と人との恋物語、ですかぁ」

暖炉の薪《まき》がぱちぱちと爆《は》ぜている。年末を控え、湖畔《こはん》の夜はぐっと冷え込んでいた。

ヒカルたちは炎を囲んで食事をしていた——湖で獲れた魚の香草焼きは脂ものっていて絶品だ。

もう一月もすると湖面は凍り、漁はできなくなるという。冬に備えて脂を蓄えている今の時期の魚がいちばん美味いのだそうだ。

「集落の長が言うには、これには『不都合』な内容が隠されていると……」

ヒカルは長から聞いた内容をフレアに伝えた。

「……『人魚が、人魚の魔法を捨てて人になるには、愛する者の命を捧げなければならない。それを知らずに人魚は儀式を行い、人となったが、そのときには愛する人の命は失われていた』」

伝承が語るのは悲恋の物語で、愛し合うふたりの障壁を破るには、命という対価が必要なのだということを示していた。

寒さのせいか、あるいは伝承からにじみ出る冷たさのせいか、フレアは小さく身震いした。

「そんなお話を聞いたら、悩むカップルは心中……ということを考えちゃいますよねぇ」

「ええ。ですから、『不都合』を隠して石碑を造った長の気持ちもわかります。一方で、昔から伝わる話の一部を隠してしまったことに、負い目を感じているようでしたけど」

「……ヒカルさんは、どう思いますかぁ？　ここのダンジョンと伝承とには、なにか共通点が？」

「あると思いますよ。というより、ないと考える材料のほうが少ない。出現するモンスターは半魚人だという話ですし」

人魚と言えば日本人が思い浮かべるのは上半身が女性で、下半身が魚の「人魚姫」のイメージだ。

だけれど魚系の亜人種であり、身体を鱗《うろこ》に覆われ、二足歩行する「半魚人」もまた「人魚」と呼んでも差し支えないだろう。

「『人魚ダンジョン』ということになりますね」

「…………」

「……フレアさん？　どうしました？」

考えに沈み込むようなフレアの様子に違和感を覚え、ヒカルはたずねた。

彼女は基本的にポジティブな性格で、今回の調査任務だってちゃんと進んでいるのだからこんなふうに考え込む必要はないだろう。

「……実はですね、先ほど『リンガの羽根ペン』で王都ギルドと連絡を取っていたんですぅ」

遠距離通信の魔道具である「リンガの羽根ペン」は、魔術台に文字を書き込むと、相手先にその文字が届くというものだ。

先にアンジェラがヴィレオセアン首都ギルドに連絡を済ませ、「後はどうぞ〜。私は明日朝早くからダンジョン調査で受付嬢がダンジョンに入りますので」と言って、さっさと寝てしまったらしい。

ダンジョンに入る必要はまったくないのだが、「灼熱のゴブレット」が入っている以上はそれについていきたいようだ。ランクAパーティーだから安全だと信じているのかもしれない。

フレアはその後、ポーンソニア王都ギルドにメッセージを送った。一通りの報告が終わると、ウンケンからのメッセージが届いたらしい――彼はわざわざ王都ギルドにまで足を運んでいたのだ。

「ウンケンさんがわざわざ王都に？」

「はぃ……『灼熱のゴブレット』がヴィレオセアンから来ると聞いて、王都にまで来てくださったようです」

「……『灼熱のゴブレット』になにかあるということですか。やはり」

フレアは国境の町で言っていた。このパーティーには黒いウワサが絶えないと。

だがヒカルが見た限りザッパの振る舞いはふつうの冒険者よりもずっとちゃんとしているし、メンバー同士の仲もいいようだ。良くも悪くも「ザッパを中心にまとまっているパーティー」という印象で、それ以上でもなければそれ以下でもない。

「そうなんですぅ。ウンケンさんからは、『青い鷹にくれぐれも気をつけよ』と。『青い鷹《たか》』というのはランクAパーティーを示す隠語です。この隠語はポーンドのギルド内で毎年変更していますからぁ、私にだけ伝えるためにウンケンさんはこのメッセージを送ったってことです」

「なるほど……」

「リンガの羽根ペン」は長距離通信に優れているが、一方で傍受も簡単にできるもので、誰に聞かれても問題ないようにギルドでは隠語を使っていた。

それはともかく、

（……ほんとうにあのパーティーになにかがあるのか？　ちょっと信じられないな……）

ヒカルもダンジョンの入口で赤髪の冒険者にウザ絡みされたが、それくらいのものだ。彼らがザッパを好きすぎて、ザッパからパーティー勧誘されたヒカルが許せない——なんていう男の嫉妬でしかない。

（だけどウンケンさんが寄越した情報なら、気をつけたほうがいいかもな）

ヒカルは心の隅に留めておくことにした。

「フレアさん、僕たちは周辺の情報集めを中心にして調査を終えましょう。そして帰還するのが最も安全です」

「はぃ、それがいいと思います。——こういうとき、ヒカルさんは野心がない男の子でよかったなぁって思いますねぇ」

「野心がないって……」

ヒカルが苦笑していると、

「ヒカル様は野心なんてなくとも、大変な偉業を達成できる力をお持ちですから！」

と無駄にポーラが胸を張った。

翌日は集落周辺、特にツェン＝ティ湖の調査を行い、報告書にまとめた。

湖は相変わらず美しく日の光を反射しており、集落の人々が漁に出ていた。

宣言通り、アンジェラはダンジョンに潜ったと聞いた。

その翌日——ザッパたち「灼熱のゴブレット」がダンジョンに潜り始めてから3日が経《た》ったころ、

「——よし、大体まとまりましたぁ」

フレアは報告書の作成を終えた。

「後はダンジョンに入って、第1層だけ確認しておきましょうかぁ」

「わかりました。パッと行っちゃいましょう」

「行きましょう！」

　ヒカルたち3人はダンジョンへと向かった。

　今日も今日とて新たにやってくる冒険者がちらほらいるようで、行商人が彼らに保存食を売りつけていた。

　地下へと続く階段の前に立つと、空気がゆっくりとダンジョン内に流れ込んでいるのがわかる。

（このダンジョンそのものが巨大な魔道具なんだからすごいよなぁ。動力源はなんなんだろう？）

　人魚の伝承、内部が発光していること、モンスターを倒すと灰に変わること——それはダンジョンから出てきた冒険者に聞き込みしてわかったことだ——それらを考え合わせると、ここは「人工のダンジョン」だということになった。

（伝承がどう関係しているかはわからないけど、それはきっとここを踏破したパーティーが明らかにするんだろうな）

　ヒカルを先頭にして、フレア、ポーラと続いて降りていく。

　うっすらと明るさはあるが、それだけだとかろうじて見える程度なのでヒカルは魔導ランプを掲げて進む。

(事前に聞いていた情報通りだ。出現するモンスターはすでに討伐された後で、再出現《リポップ》の頻度は低い……あちこちの灰の山は残ったまま、と)

フレアはちょっとした小部屋で採掘作業をしている冒険者に話しかけている。彼らは翡《ひ》翠《すい》を拾っているようだ。

小川もあり、手が切れそうなほどに冷たい水が流れているが、冒険者たちはランプの明かりを頼りに小川に腕を突っ込んで砂金を探している。

(人工のダンジョンには違いないけど、翡翠と砂金は採り尽くしたら終わりだ。モンスターを形作っている魔石の類《たぐい》も、モンスターの再出現頻度が低いとなると……大人気ダンジョンとはならないだろうな)

ヒカルは常に周囲を警戒して「魔力探知」を発動していたが、モンスターの気配はなかった。あまり広範囲に警戒を広げると脳への負担が激しくなるので、省エネモードである。

「——あの先が第2層へ続く道のようですねぇ」

フレアが指差したのは巨大な空洞がある広場だった。そこでは乱戦があったようで30ほどの灰の山があり、野営をしたらしい痕跡があちこちにあった。まさに2日前に「灼熱のゴブレット」が夜を過ごした場所である。

「この巨大空洞から細い道が伸びていて、そのまま緩やかに地下へと下っていくと聞きましたぁ」

「そのようですね」

ヒカルの「魔力探知」でも、ダンジョン構造が持っている微量の魔力を感じ取れる。通路の形となった細い管が下方に伸びているのがわかる。

「ここで調査は終わりでいいと思いますぅ。今から戻れば夕方くらいでしょうし……」

「──ヒカル様!!」

そのとき離れた場所にいるポーラが叫んだ。

まさか、敵？　いや、探知スキルにはなんの反応も──。

「どうした!!」

「こ、こ、こ、これ……」

ヒカルがポーラの場所まで走ると──彼女は壁際にそびえる巨岩の近くにいた。巨岩はいくつかが折り重なるようにそこにあり、人ひとりが通れそうな隙間の先をポーラは指差している。

つん、と鼻を突く鉄の錆《さ》びたようなニオイにハッとする。

ヒカルが魔導ランプを掲げると──折り重なるようにふたりの冒険者の死体があった。

「!?」

「……フレアさん、下がってください。先に僕が確認します」

女だ、とすぐにわかった。ふたりとも女だ。

首を掻《か》き切られ、胸元から腹にかけておびただしい出血の痕《あと》がある。すべて乾いてはいるが、死んでからさほど時間が経《た》っていないことも間違いない。

なぜならこのふたりの女冒険者にヒカルは見覚えがあるからだ。この集落にやってきたパーティーの中にいた、あのときは生きていた……。

「モンスターの仕業ではありませんね。鋭利な刃物で首を切られています」

「え、鋭利な刃物なら、モンスターかもしれませんよねぇ……？」

フレアは青い顔をして震えていた。

「……ふたりとも同じように首を切られています。それ以外に傷もありません。モンスターと戦っていてこんな傷ができることはありませんよ。警戒していない相手に呼び出され、油断しているところを後ろから襲われ、首を切られたというのがいちばんしっくりきます」

「そ、そ、そうなると……犯人は……」

「冒険者仲間でしょうね」

「そんな……」

「——ポーラ、フレアさんに『回復魔法』を。ちょっとここから離れよう」

「わかりました」

フレアよりもポーラのほうがしっかりしていた。ポーラは「呪蝕ノ秘毒《じゅしょくのひどく》」の問題が起きたときに多くの人々が死にゆく様を見ている。

（言い方は悪いけど、人の死に免疫があるってことかもな……）

巨大な空洞の反対側――第2層に続く道の近くに移動して、フレアを座らせてポーラは「回復魔法」を使う。野営道具でもあればお茶を淹《い》れて落ち着かせるのだが、長居する予定はなかったので今日は軽装だ。

「……ありがとうございますぅ、ポーラさん」

「大丈夫ですか？　苦しかったら遠慮なく言ってくださいね」

「はぃ。ポーラさんの魔法の腕前はすばらしいですね」

「はい！　ヒカル様のおかげです！」

「え？」

「あ、えーと、いっしょに勉強したり教会に通ったんですよ。それでポーラの魔法が上手になったというか」

あわててヒカルがフォローをする。

「ああ、なるほどぉ……魔法を使えないヒカルさんが魔法を教えられるわけはないですものね」

「もちろんです」

　無理やり他人の魔法の能力をレベルアップさせることはできるけど、と心の中で思う。

「それはそうと、あの冒険者が殺されていた件ですけど、こういう場合ってギルドはどうするんですか？」

「はぃ。記録に残し、パーティーメンバーに事情を聞かなければいけないでしょうねぇ。ここでやれるならやっておきたいですが……」

「逃げるかもしれないですよね、犯人が。少なくとも僕が犯人だったら、できる限り遠くに逃げる」

「そうなんですよねぇ……ギルドにはパーティーメンバーの名前を報告して、どこかの街に現れたらそこで事情を聞く形になりそうです。でも、どうして冒険者同士で殺人なんて……」

　そこはヒカルも引っかかっていた。

　半魚人モンスターに殺された冒険者は、少なくともここに至るまで見ていない。ケガくらいはしたようだが、大半は「灼熱のゴブレット」が蹴散らしていったようだ。

　入口付近にも砂金や翡翠《ひすい》がまだ残っている状況。この大空洞は採り尽くされた後だが、それでもお宝を手に入れるチャンスはいくらでもある。取り分で揉《も》めるにはまだ早い。

（女が殺されたということは、怨恨《えんこん》か？　でもなぁ、ふたりも殺すか？　それに……もし

怨恨《えんこん》で殺すにしても、金目になりそうなものは持っていくよな)

ヒカルがさっき見た感じでは、女はブレスレットやアンクレットの類《たぐい》を身に着けていた。売れば多少の金になりそうだ。

(売った貴金属から足がつくのを恐れて放置した……? でもそれも、なんかしっくりこないんだよな)

仲間割れで殺したにしては殺し方に慣れている気がする。あちこちのパーティーを渡り歩く快楽殺人鬼がいるのかもしれないが……。

(……ザッパさんが手を下した、とかあり得るのかな)

ヒカルはウンケンが「注意しろ」と言ってきたことを思い返していた。「灼熱のゴブレット」に関する黒いウワサも。

(ザッパさんがやったにしては繊細な殺し方な気もするな。あの人は持ってる斧《おの》で頭をかち割るだろ、どう見ても。とは言え、「人は見かけによらない」なんて言葉もあるし……うーん)

ヒカルが考えに沈んでいると、

「ともかく、こういう事態が発生してしまった以上はすぐに引き返しましょう。あのふたりの遺体については……ギルドとしては、残念ですが、そのままここに寝かせておくしかありません……私たちが運ぶこともできませんし」

するとポーラが、

「…………」

すっくと立ち上がった。

「ポーラ？」

「私、ちょっと迷える魂を導いてきますね」

その表情はいつものほほんとした感じはまったくなく——毅然《きぜん》としたものだった。

ポーラが死体を弔《とむら》うのにはさほど時間はかからなかった。

神聖魔法によって、死者の魂や肉体がアンデッドモンスターにならないようにする。

彼女の身体から淡い黄金色の光が放たれ、雪のように光の粒がふたりの女冒険者に降りかかると、肉体もまた淡く発光した。

彼女たちを隠している巨岩を貫いて光の柱が立ち上る。

そうなれば——魔法は完了だ。

「お待たせしました、ヒカル様、フレアさん。これでもう大丈夫だと思います」

「——ポーラさん」

戻ってきたポーラに、フレアが立ち上がって応える。

「冒険者の亡骸《なきがら》を弔ってくださり、ありがとうございます。冒険者ギルドを代表して感謝申し上げます」

深々と礼をした。

「あ……」

驚いたポーラだったけれど、

「とんでもないです。お役に立てたならうれしいです」

ふたりは顔を見合わせて「ふふっ」と笑い合った。

(なんか……いいな。よかったな、ポーラとフレアさんが仲良くなって)

その光景を見つめてヒカルはそんなことを思っていた。

ポーラの友人は彼女の生まれ故郷であるメンエルカの村にはいるだろうけれど、冒険者として活動している王都や衛星都市ポーンドにはもういない。

こうしてふたりが仲良くなったのなら、それはきっとお金には換えられない報酬だろう。

「さて、それじゃぁ戻りますかぁ」

とフレアが言ったときだった。

ざわめく声が聞こえてきた。複数の人間の声だ。

それは——通路の奥、第2層に続く地下方向から聞こえてきた。

「——急げよッ!」

「──バカ、こんな細い通路で押すな」

「──なんでデブが前を走ってんだ！」

彼らはもつれるように細い通路からヒカルたちのいる大空洞へと飛び出してきた。

数人、という数ではない。

次から次へと出てきてあっという間に二桁になった。

「ど、どうしたんですかぁ⁉」

大空洞に出てくるなり、そのあたりに座り込んでぜえぜえしている冒険者たちへと、フレアが走っていく。彼女がギルドの制服を着ていることに気づいた冒険者たちは、

「この下はやべえよ。あんなにモンスターがいるなんて知らなかった！」

「かなりケガ人が出てる」

「何人か死んだんじゃないか？」

「トラップもヤバかったもんな」

口々に言った。

「第2層にいるモンスターが凶暴だということですか」

ヒカルがたずねると、

「ああ。1体1体のレベルが段違いだ。だけどなにより問題は数だ。とにかく多い」

「下には何人くらい冒険者がいますか」

「さぁ……『灼熱のゴブレット』が全部蹴散らすとか言ってたがどうなったろうな。腕に覚えがありそうなパーティーは参戦してたが」

他の冒険者は「あんなのと戦っていたら命がいくつあっても足りねぇ」と付け加える。

するとフレアがハッとしたように、

「ア、アンジェラさんは、私と同じ受付嬢はいませんでしたか!?」

「それならいたぞ。『灼熱のゴブレット』がいるから大丈夫だって強がってたけど……」

「………………」

フレアは第2層へと続く通路を見やった。

最初にひとかたまりとなって冒険者たちが出てきたが、その後もぽつりぽつりと出てくる。

彼らは腕や足から出血しており、この大空洞で手当を受けていた。

ポーラがそれを見て回復魔法をかけに行き、止血までは手伝っていた——そのくらいならば目立つこともないからだ。

とは言え、もし重傷者が来たらポーラの判断で命を救っていいとヒカルは思っている。

「——フレアさん、どうしますか」

「！」

ヒカルが声を掛けると、

「私は……すぐに地上に戻らなければなりません。もしものことがあったとき、『リンガの羽根ペン』でギルドに連絡を取れるのは私しかいませんから……ぁ」

「それはそうですね」

「………………」

「……フレアさん？」

「でも……あ、いえ、私は戻らないと」

「『でも』、アンジェラさんが気になる？」

「………………」

図星だったようでフレアは口をつぐんだ。

「どうしてですか？　あの人、フレアさんにライバル意識燃やしてましたよね」

「おっしゃるとおりですぅ……でも、アンジェラさんはギルド職員としてすばらしい仕事をしています。ヴィレオセアン首都ギルドへの報告も完璧でしたぁ。あんな優秀な方を、ここで失ったらぁ……ギルドの、いえ、冒険者たちにとっても大きな損失ですっ」

フレアは言い切った。

（この人は――まったく）

ヒカルは思う。

（底抜けにお人好しだな）

自分がどう思われているかなんて全然気にしていない。そんなことより、ギルドや、ヒカルたち冒険者のためを思っている。

「それじゃ、僕が様子を見てきます。できればアンジェラさんを『灼熱のゴブレット』から引き剥《は》がして連れてきますよ」

「えぇ!? で、でもそんなの、ヒカルさんが危険ですぅ！」

「僕、これでもウンケンさんにいろいろ叩《たた》き込まれたんですよ。それに『獄魔蜘蛛《ヘルタランチュラ》』を討伐できるくらいの力もある」

「あ……」

「ポーラをお願いします。今この場で、回復魔法を使える人間はめちゃくちゃ貴重ですからね」

「それは構いませんが――あっ、ヒカルさん！」

ヒカルはフレアに背を向けて走り出した。

今でもなお、フレアからはヒカルが「新人冒険者」にしか見えていないのはなんだかおかしくもあったし、もどかしくもあったけれど、それでも――フレアに心配されても悪い気持ちはしなかった。

ヒカルは細い通路を駆け下りて第2層を目指した。

運良く他の冒険者とぶつかることもなく到着すると、そこの空気が変わっていることにすぐ気がついた。

「……なんだこれは」

淀《よど》んでいる。

換気する魔術が効果を発揮していないのか？　と一瞬思ったけれど、それならばモンスターにやられる前に酸欠で倒れてしまうだろう。

「どこか禍々《まがまが》しい気配がある……」

見た目も少し変わっていた。

第1層が、岩肌の露出する天然の洞穴という雰囲気だったのに、第2層は土だか粉だかわからないが、壁に塗りたくられていた。それらの半分ほどは剥がれ落ちて壁際の床に積もっている。

ヒカルは魔導ランプを掲げて歩き出す。

第1層もなかなかの広さがあったが、第2層はさらに広いようだ。通路は拡張されていて、あちこちの小部屋につながっている。

そういえばマップがない状態だったな、とは思ったものの、ヒカルの「魔力探知」があれば行き止まりの通路はすぐにわかるし、冒険者が逃げてくる方向へ進めば問題なかった。

「お、お前……どこに行くんだ、あの先は地獄だぞ」

足を引きずる冒険者と、肩を貸す二人組が前からやってきた。

身体のあちこちに傷を負っており、早急な治療が必要だ。

「ギルドからの指令で来ているので問題ありません。戦況はどうですか」

「『灼熱のゴブレット』がいるおかげでなんとかなってるが、とにかく敵の数が多い」

「受付嬢のアンジェラさんは？」

「守られてるよ」

「ありがとうございます。第1層に上がったところに僕の仲間の回復魔法使いがいるので、急いで治療してもらってください」

「すまねえ……恩に着る」

彼らはのろのろと第1層へ向かっていく。

ヒカルは第2層の奥へと駆け足で進む。灰の山が増えてきた。これら全部が半魚人モンスターで、それらをすべて倒して行ったのだろう。

途中途中の部屋には冒険者の死体が転がっているところもあった。第2層にはトラップが仕掛けられているようで、ぽかりと床が口を開けていたり、トラップを作動させてしまったのか矢がハリネズミのように刺さっている者までいた。

その死体が放置されているのは仲間がすでに死んでしまったからだろうか。防具や衣服はそのままだったが荷物はない。

（盗まれたか、仲間が持って行ったか……）

ダンジョン内は無法地帯のようなものだから仕方ないのだとしても、あまりに殺伐としている。

幸い、トラップには印が付けられているし、ヒカルの「魔力探知」ではっきりと存在がわかるので問題はない。この印は「灼熱のゴブレット」がつけていったのだろうか。

「……トラップに印がついているのに、引っかかっているのは、逃げるときにあわてたのかな？」

だとしたら、「モンスターから逃げようとしてトラップで死んだ」ということになる。

その本末転倒、不運ぶりにはヒカルも同情したくなる。

「先を急ごう――うん？」

進むべき方向ではない、袋小路になっている横道があった。ヒカルは曲がり角の先から、地面に足が伸びているのに気がついた。

「……なんだ？」

袋小路なので、当然そちらは第1層に続く道ではなかった。だからそちらに逃げていったということはないだろう。

放っておけばいいはずだった。だけれど、ヒカルはやたらと――曲がり角の先からちょこんと飛び出ている足、汚れたブーツが気になった。胸騒ぎがした、と言ってもいい。ソウルボードの「直感」の仕業だろう。

ヒカルは慎重に歩を進める。魔導ランプの明かりが曲がり角を照らし出す。近寄れば明らかに、そこに誰かが倒れていることがはっきりした。
曲がり角の先に光を投げかける――。

「!!」

男の冒険者が倒れていた。

この状況で倒れているのだから死んでいるだろうことは疑いなかった。

だけれど問題は死に方だった。

その男は首だけを切られていた。大量の血が、首から胸元にかけて広がっている。

むっ、とする血のニオイが立ちこめている――確認するまでもなく、この冒険者が死んでからそう時間は経《た》っていない。

「第1層の女の冒険者と同じ傷……同じ犯人だ」

まだ、いるのだ。冒険者を殺した冒険者がこのフロアにいる。

ひょっとしたら第1層に移っている可能性もあるが――だとするとあの大空洞に逃げてきた誰か、あるいはさっきヒカルがすれ違った者かもしれない。

「ポーラ……！」

ヒカルはすぐにも戻りたい気持ちに駆られたが、思い直す。今の自分がやるべきはアンジェラを連れ出すことだ。それにこの殺人鬼はひっそりと殺すことを好むようだ。ここで死んでいる冒険者の荷物はそのままになっているから、誰からも発見されていないのだろう。

「……でも、妙だな。女の冒険者はちゃんと隠されていたのに、この冒険者はだいぶ雑に置かれている。通路から足が見えていたし」

いや、とヒカルは首を横に振る。

「そんなことはどうでもいい。急ごう」

ヒカルは魔導ランプを握り直し、走り出す。今度は全速力だ。

トラップの印を確認するまでもなく、ヒカルは「魔力探知」でトラップの位置を把握すると飛ぶように小部屋を通り過ぎていく。

中には小部屋でケガの治療を受けている冒険者もいたが、ヒカルの姿を見て目を丸くしていた。

「……この先だ」

ヒカルの「魔力探知」で、それをはっきりと確認している。

「灼熱のゴブレット」がこの先で戦闘中だ……他のパーティーは脱落したのか。

ヒカルは魔導ランプの明かりを消して、「隠密《おんみつ》」を発動する。

かすかな明かりを頼りに通路を奥へと進む。

「…………！」

そこは巨大な空洞――いや、「大広間」と言ってもよさそうだった。

第1層とは違い、全体的に人工物を感じさせる第2層の中でも、ここは最たるものだった。

石畳の床に林立する石柱が、高い天井を支えている。

その石柱はそれそのものが魔術によって発光しており、金色の文字が浮かび上がっているが、見知らぬ文字だった。

端から端まで200メートルは優にありそうな大広間では、「灼熱のゴブレット」が陣形を組んで戦っていた。

「右翼押されてるぞ！　気合い入れろ!!」

「ラーク、一度下がって治療受けとけ！」

「すまねえ！」

大盾を装備したタンクが5人いて、その後ろに長槍《ちょうそう》を持ったアタッカーがいる。弓と魔法職は最後尾で援護する。そのフォーメーションは見事でまるで崩れる気配がない。

だが敵も多い。

百を超える半魚人が、迫る。恐れを知らぬダンジョンモンスターの半魚人は、手に槍《やり》や剣を持って飛びかかってくる。色違いの赤黒い半魚人もいて、それらの身体能力は他の者より数段高い。

「ザッパさん、中央空きます!!」

隙ができたところへ、

「任せろや!!」

ザッパがバトルアックスを握りしめて走り出す。

これまでにも大量の半魚人を倒したのであろう、灰の山を蹴飛ばし、踏みしめ、

「オオオオオオオオ!!」

斬り込んでいく。

刃の部分が小さなテーブルほどもありそうな鋼鉄のバトルアックスを軽々と振り回し、半魚人をずばずばと斬っていくのは冗談みたいな光景だった。

「ザッパさんに続け!!」

「オオッ!!」

剣を持った近距離アタッカーが、ザッパの取りこぼした半魚人を倒していく。

(強い……!)

ヒカルはこのとき初めて「灼熱のゴブレット」の真価を知った気がした。

彼らの強さは単体でのそれではなく、集団としての強さなのだ。

ザッパの動きは大雑把《おおざっぱ》で洗練されてはいないが、彼を中心に動くパーティーは、同じ数の兵士よりもずっと強いだろう。

たとえて言うなら、ザッパ個人がアインビスト盟主ゲルハルトやローレンス騎士団長と戦っても勝てないが、ザッパのパーティーならば十分勝てそうだと思えるのだ。

もっと数の多い、千対千とか万対万の戦争ならばまた違うが、こういったダンジョン攻略においては、「灼熱のゴブレット」のパーティーはサイズ感といい戦い方といい、無類の強さを発揮するだろう。

(そのために作られたパーティー……冒険者として最大の戦果を上げるために作られたパーティーなんだ……!)

ヒカルはどうしてランクAのパーティーがギルドの受付嬢の護衛なんていう依頼を受けたのだろうかと思っていたが、これが真の目的だったのだと完全に確信した——「手つかずのダンジョンを誰よりも早く攻略する」ことだ。

そして彼らは本気で最深部を狙い、自分たちには攻略しきれる力があると信じている。

「——ね、ねえ、大丈夫なの？　ザッパ様、ケガしたりしない？」

「——もちろん問題ありませんよ、アンジェラさん。もしケガをしても我々がいますから」

大広間の入口にアンジェラはいた。

話しているのは「灼熱のゴブレット」の薬師《くすし》らしい男で、ケガをしたメンバーの治療を行っていた。

「回復魔法使い」もいるようだが魔力を温存しているのか、治療には動かずじっとしている。

（サポートメンバーは入口付近で、いつでも退却できるようにしているってことか……）

そのとき、

「!!」

スケアがこちらを振り返った。

ヒカルはとっさに入口の陰に隠れたが——「隠密《おんみつ》」は発動しているし、ギルドカードの「加護」も【隠密神：闇を纏《まと》う者】に設定しているはずだ。バレてはいない。

「…………」

スケアはこちらを凝視していたが、すぐに視線を前方へ——ザッパへと戻した。

（……ふう）

隠れる必要はないのだが、ヒカルとしてはこのパーティーの戦い方を盗み見しているという引け目があり、思わず隠れてしまった。

ここには他の冒険者パーティーがいないのでザッパたちは彼ら本来の戦い方をしているはずだ。それを見られてよかった、とヒカルは思う。

（にしても、どうしてスケアはこっちを見たんだ？　もしかして「直感」持ちかな……それもかなり高度な）

スケアまでの距離は20メートルほどもあり、ソウルボードを確認するには明るい大広間を歩いて近づかなければならない。今はいいか、とヒカルはあきらめる。

（さて……あとはアンジェラさんをどうするか、だな）

元々の目的はアンジェラの確保だが——この様子だと「灼熱のゴブレット」は大広間を制圧できそうだ。

（制圧後に話しかけるのでもいいかもしれない。第2層の安全を確保したのなら、そもそもアンジェラさんを連れ帰らなくてもよくなるし。それじゃあ……）

ヒカルが「灼熱のゴブレット」の戦い方をじっくり見物させてもらおうか——と思ったときだった。

「!!」

ヒカルの「魔力探知」に強い反応があった。

この大広間の、ヒカルがいる位置とは真逆、最奥に魔力が集まっている。

数段の段差があって、ダンスでも踊れそうなステージがあった。

ステージの奥から、ゆっくりと、壁が剥《は》がれるようにモンスターが現れる。

「ザッパさん!!　ボスです!!」

スケアが甲高い声で叫んだ。

「なっ、なんだよあれ⁉」

「デカすぎ……！」

「この盾で防げんのか？」

距離があるヒカルの位置からでもそのモンスターの巨大さがわかる。

見上げるほどに大きい、上背が10メートルほどはある半魚人——半魚の巨人だった。

紫色の鱗《うろこ》はその1枚が手を開いたよりも大きく、手に持った三叉《みつまた》の槍《やり》は大木をそのまま槍に使っているかのごとく巨大で、凶悪だった。

『ヴォオオオオオオオオオオオオオオ！！！！！』

まさにボスと呼ぶにふさわしいモンスターが雄叫《おたけ》びを上げると、空気は震え、そのそばにいた数体の半魚人が音圧で吹っ飛んで転がっていく。

半魚人のボスはドンドンドンッと石畳を踏みしめ、割って、こちらへ突き進んでくる。

その迫力は正面から電車が突っ込んで来るよりもはるかに凄《すご》みがある。

だがザッパはあわてなかった。

「盾ェ‼」

「はい、ここに！」

ザッパが叫ぶとサポートメンバーがザッパ用の大盾を持ってくる。巨漢のザッパですらまるっと隠せるほどのそれを受け取るや、ザッパは足元にバトルアックスをめり込ませて手を離し、両手で大盾を構えた。

「来いッ、化け物ォォオオッ!!」

ザッパから10メートル離れたところでボスは止まる——かに見えたが、それは攻撃のための予備動作だった。

『ゴアアアアアア!!』

腰だめに突き出された三叉《みつまた》の槍《やり》はすさまじい速度でザッパに迫る。

破城槌《はじょうつい》をヒカルは想起する——城門を破壊するような戦術兵器クラスの破壊力を。

ザッパは、ただ単身で受け止める。

ドッ——。

空気が震え、ザッパの身体が背後に押される。

「オオオオオオオオオオオオオオオッ!!」

踏みしめた石畳にザッパの金属製のブーツがめり込む。

石畳が割れ、ザッパが押された後には轍《わだち》のように痕跡が残る。

だが、その長さは数メートルだ。

止まった——止めたのだ。

ザッパが、自分の5倍はあろうかという巨体の攻撃を止めた。

「――俺様は無事だぞ、化け物？」

『!?』

感情を持たないモンスターのはずなのに、その表情に一瞬驚愕《きょうがく》が走ったようにヒカルには見えた。

「す、す、すげえええええ！」

「やっぱザッパさんだぜえ！」

「浮かれてる場合じゃねえぞ、攻撃だ！」

「オオッ!!」

近距離アタッカーは様子をうかがっていたが、弓と魔法使いたちは一斉にボスモンスター目がけて攻撃を仕掛けた。

矢が突き刺さり、氷や岩の槍がボスモンスターに傷をつけていく。

『ヴォオオオオオオ!!』

「おっと」

咆吼《ほうこう》を上げるとその音圧が周囲を吹き飛ばすのだが、ザッパは仲間との射線上に身体を割り込ませて大盾で威力を減殺する。

（魔術が織り込まれている。特殊な盾だ）

ヒカルの「魔力探知」にははっきりとわかる。あの大盾にはとてつもない魔力が溜《た》め込まれているし、複雑に織りなす魔術がなんらかの効果を発揮している。

おそらく、ボスモンスターの一撃を防いだのも、咆吼《ほうこう》を無効化したのも魔術のおかげなのだろう——至近距離であの咆吼を聞けば鼓膜が破れるくらいでは済まない。

「雑魚《ざこ》が減ってるぞ！　一気にカタをつける!!」

ボスの咆吼は手下の半魚人たちを吹き飛ばし、数体を灰に変え、ボスの周囲に空間を作っていた。

ザッパの指令が下ると、

「行くぞおおおおお！」

「オオッ!!」

「ザッパさんに続けェ！」

次々に「灼熱のゴブレット」の近距離アタッカーが動き出し、ボスへと迫る。

その中心にいるのはもちろんザッパだ。

このパーティーはザッパというスター冒険者を中心にできていること、ザッパへの忠誠心でパーティーの秩序が保たれていることがヒカルにはよくわかった。

（……このぶんなら大丈夫そうだな。でも——気になるのは……）

ヒカルは先ほど、ボスモンスターが動き出したときの魔力の流れに注目していた。魔力はこの大広間の奥からやってきていたが、あのボスモンスターが出現した壁に小さな通路が現れたのだ。

通路の奥からは強烈な魔力を感じる。

だがその魔力は、これ見よがしに発散しているのではなくて、わかる人が見ればわかる、パッと見はキレイに魔力を隠している——そんなふうに感じられた。ヒカルの「魔力探知」は最大値の5だからわかったが、1や2だったら感じ取れないかもしれないというものだ。

それが——やたらと気にかかった。

（……「大穴」のときの経験のせいかもしれないけど、確認しておいたほうがいいな）

今回のダンジョンの大量出現に関わっている（かもしれない）、大穴のことを思い出していた。

あの大穴には世界の邪を集める魔術があり、実際にヒカルもその最奥で理解不能な魔術を確認し、凝縮した邪を感じた。

邪を吸い込むことをやめた……その結果、ダンジョンが地上に現れた。

そう考えるのならば、今回現れたダンジョンはすべて「邪を生み出すもの」ではないのだろうか？

（ダンジョンにはいくつかのパターンがあるとはいっても、すべてがきっちりと分類できるような代物じゃない。僕らが考えているよりもずっと複雑で、イレギュラーなものもあるはずだ。だけど、「邪」をひとつの共通項とするなら……その「邪」を吸収することでコントロールできるものもあるんじゃないだろうか。大穴の魔術はそこに注目して造られた……。まあ、推測に推測を重ねているだけだけど）

それでもヒカルはその推測が当たっている気がした。

（いずれにせよ、この奥にあるなにかを……魔力を生み出しているなにかを確認すればわかることもあるだろう）

ヒカルは「隠密《おんみつ》」を発動して走り出した。大広間の壁沿いを走る彼の姿を把握できる者はここにはいない。

（…………）

さっきこちらに視線を投げてきたスケアを振り返る。

けれどもスケアは最前線で戦っている彼らのリーダー、ザッパを見つめているだけだった。うっとりとした目で。恍惚《こうこつ》とも言える表情で。

（まったく——神への信仰よりも厄介だなぁ）

ザッパのためなら、このパーティーのメンバーはなんでもするんじゃないかという気がしてヒカルは呆《あき》れた。

ボスモンスターが現れた壁面はぼろぼろになっていたが、奥の間への通路は魔術によって頑丈にできているのか、崩落しそうな気配はまったくなかった。

いまだにホコリの舞う壁面を通り抜けてその通路に入ると、今度はじめっとした空気が感じられた。

「……薄気味悪いな」

通路はぬらぬらと濡れており、魔力には揺らぎが見える——まるで生き物が脈打つように。

そう長い道のりではなく、ヒカルはやがて開けた空間に出た。そこは光が一切ない場所だったので魔導ランプを点《つ》ける——と、

「!?」

思わず声を上げそうになった。

先ほどの大広間に比べれば小さいが、それでも一辺が20メートルほどはある四角い空間だった。

地面にはうずたかく硬貨が積まれ、金貨も多く混じっているが、銀貨や銅貨は錆《さ》びついて固まっていた。

壺《つぼ》や剣、装飾品は台に置かれていたが、それらも湿気によって錆びたり腐ったりしている。

だが異様な空気を放っているのは壁面にずらりと並ぶ——痩せこけた死体。ミイラだ。

いや、ミイラだと言うのはおかしいかもしれない。なぜかと言えばこの部屋はジメジメしているのだ。それなのに死体は腐り落ちていない。

壁から生えている薄紫色のツタが死体に絡みついており、ツタと死体が魔力のやりとりをしているのが感じられる。

「生きているのか……？　いや、さすがにそんなわけはない……」

試しに「生命探知」を展開すると生命反応はゼロだった。ひょっとしたらアンデッドモンスターかもしれないが、動くような気配も感じられない。

ただひたすら気味が悪い。

「……それより、あれか」

この死体は見なかったことにして、ヒカルは自分が確認しなければならないものを目指すことにした。

それはこの部屋のなかでも奥まった場所にひっそりと置かれていた。

腰高のみすぼらしい台があり、そこにちょこんと載っていた。

杯だ。

両手で持つようなもので、ヒカルは教会にも似たようなものがあることを知っている

——教会のそれは、宝石が埋め込まれ、金箔《きんぱく》が貼られ、「聖水」なんかを信者に与えるためのものだけれど。

いわゆる「聖杯」なんて呼ばれる代物だ。

だがここにあるのはなにでできているのかもわからない、冴《さ》えない色合いだし、表面の紋様も消えかかっていた。文字が書かれているけれどそれもヒカルには読めない。

なにより不気味なのは、紫色のツタが杯に這《は》いまつわっていることだった。

「こいつはいったいなんなんだ……？」

ヒカルが大広間で感じた強い魔力はこの杯から発せられている。ヒカルが杯に手を伸ばすと——しゅるるるとツタが杯から離れていった。

「……うげっ」

動物みたいな動きをするツタに、ますます気味悪さを感じる。

触っていいものだろうか？　まさか呪《のろ》いのアイテムだったりしないよな？

そんなふうにヒカルが迷っていたときだ。

「！」

通路の向こうからざわめく声が聞こえてきた。

「——ザッパさん！　なんか小さな通路が空いてますぜ！」

もう「灼熱のゴブレット」はボスモンスターを討伐し、大広間を制圧したらしい。

（想像以上に早いな……！）

ヒカルは杯をちらりと見たが、とりあえずこれが今すぐ大量の邪をぶちまけて世界を混乱に陥れるようなアイテムではないだろう……なさそうだ、と結論した。気味は悪いし、呪《のろ》いのアイテムかもしれないけれど、それ以上のなにかは感じない。

気になるのはこの杯だけではあったが、これを盗み出していこうとも思わない——なぜなら「灼熱のゴブレット」がこのダンジョンを攻略したのだから。

（彼らにこれを受け取る権利があるだろう）

ヒカルは魔導ランプの明かりを消して行動を開始する。この空間の奥には隠し通路があり、その細い道は上へ上へとつながっているのが「魔力探知」で確認できたのだ。

（……誰が殺人鬼なのかはわからないままなのが引っかかるけど……今は戻ろう）

棚と棚の隙間にある空間に身を滑り込ませて隠し通路に出ると、ヒカルはその道を上っていく。背後からは財宝を見つけた「灼熱のゴブレット」たちの歓声が聞こえてきた。

◇

隠し通路は第1層の大空洞付近につながっていた。その出入り口は岩と岩の隙間にあり、視線よりも高いところを出入りすることになるので、あらかじめここに通路があるとわかっていなければ絶対に確認しないような位置だった。ヒカルの「魔力探知」をもってしても複雑な地形になっているのでわかりづらく、巧妙に隠されていた。

ヒカルが大空洞に戻ると、ポーラが最初に気がついた。

「ヒカル様！　お帰りなさいませ！」

大空洞には疲れ果てた冒険者たちが多く座り込んでいたが、その誰もがポーラの治療によって回復したようだった。

ポーラもフレアも変わった様子はなく、ヒカルはホッと安心する。

「こっちは変わりないみたいだね」

「はい！　冒険者さんたちの治療も終わりまして、しばらく出てくる人もいません」

ヒカルが第2層ですれ違った冒険者もいて、治療が終わって眠っていた。仲間のひとりがヒカルに気づいて片手を上げ、ヒカルもそれに手を上げて応えた。

「――ヒカルさん？　第2層に行かれたんですよねぇ……どうして違う方から来たんですかぁ？　それにアンジェラさんは……」

「アンジェラさんは大丈夫ですよ、安全です。『灼熱のゴブレット』が第2層のボスを制圧しましたから」

さりげなく話題を逸《そ》らしつつヒカルは答えた。

それが聞こえたらしい冒険者たちが「おおっ」と声を上げる。数人が立ち上がって「それなら今のうちに採れるだけ採ってくるか」とか言っているので、

「あ、『灼熱のゴブレット』が通っていないルートもあるので、そこには半魚人がまだ徘《はい》

迴《かい》しているようですね」

とヒカルが牽制《けんせい》すると、彼らは気落ちして座り直した。

まったく。ポーラに治療してもらった上で金稼ぎに行こうだなんて虫がよすぎる。治療費を巻き上げればよかったなとヒカルが思っていると、

「よかったですぅ……。ボスモンスターを倒したならこのダンジョンはもう踏破ということになりますかねぇ？」

フレアがたずねる。そう言えばザッパは「ダンジョンを最初に踏破したヤツがこのダンジョンを手に入れる」とか言っていた。

「第2層でドン詰まりっぽかったので、おそらく踏破ということでいいと思いますが……アンジェラさんとザッパさんは、所有権をどうするかとか話し合っているんですかね？」

「そ、そこまでは私も知らないですぅ……」

「ザッパさんがダンジョンの所有権を主張したらもめますよね。こっちの貴族もヴィレオセアンも怒るでしょうし」

「あはは……そのあたりはアンジェラさんが解決してくれるでしょう。私たちは調査が終わったので引き上げる、それでいいじゃないですかぁ」

からっ、と明るくフレアが言ったので、

「ぷっ」

ヒカルは思わず笑ってしまった。

「ど、どうしたんですかぁ、ヒカルさん」

「いや……フレアさんって以外と策士なところがあるんだなって思って」

面倒ごとは全部アンジェラに押しつけてしまおうというのだから。

「いい性格してますよ」

「ええ!?　私はギルドの職員として職務を全うしているだけですぅ」

「そういうところとか」

「えぇ!?　心外です！」

本気で言っているのか、いや、冗談なのだろう、フレアも笑っているのだから。

そうしてふたりが笑顔になったときだった。

「――だ、誰か」

第2層に続く通路から、ひとりの冒険者が飛び出してきた――「灼熱のゴブレット」の、あの赤髪の冒険者だった。

「誰か、回復魔法に強いヤツはいねえか!?　なあ、頼む！　なあ！　あっ、アンタ！　聖職者か!?　頼む、ちょっと来てくれ！」

「きゃっ」

息を切らせた冒険者がふらふらとポーラの腕をつかんだので、ヒカルはすぐさま2人の間に割って入った。

「おい——彼女は僕のパーティーメンバーだ。なにをする」

「す、すまねえ。だけどこっちも急いでるんだよ！　手を貸してくれ!!」

そのただならぬ様子に、なにかが起きたのだとヒカルも気がつく。

「なにがあったんだ、第2層のボスは倒したんだろう？」

「そ、それが……ザッパさんが」

赤髪の冒険者の目に涙があふれた。

「ザッパさんが……急に倒れて、動かなく……。……し、死んじまったんだ……!!」

え、とも、は、とも言えなかった。

それほどその言葉は予想外すぎたからだ。

しかしこの冒険者がウソをついているのでも、ヒカルたちを騙《だま》そうとしているのでもないことは明らかだった。

「う、うわぁああ、うおおおぉぉぉんんん……!!」

その場にくずおれて、声を放って泣き出したのだから。

第42章　英雄が死すとも、湖の美しさは変わらない

確認しなければならない。この冒険者が言っていることが真実だとしても、「灼熱のゴブレット」はボスモンスターを倒したし、あそこに脅威となる敵はいなかったはずだ。

「ポーラ、フレアさん、僕は第2層にもう一度行ってきます！　ふたりはここで最大限の警戒を!!」

「わ、わかりましたっ。いってらっしゃいませ！」

「ヒカルさん!?　危険ですよぉ！」

ヒカルは大空洞を飛び出して第2層を目指した。魔導ランプの光が照らし出す坂を、飛ぶように駆け下りていく。

（いったいなにがあったんだ……!!）

脳裏をよぎったのはふたつの可能性だ。

ひとつは、このダンジョン内で殺されていた冒険者。殺人鬼がいてザッパを殺したのではないかという可能性。

だがさすがにそれはないだろう。いくらボスを倒して油断したといっても、完全武装し

ているザッパを殺すようなことを考えるバカはいない。

もうひとつは――最奥の小部屋にあった、使い方は不明ながら大量の魔力を溜《た》め込んでいた杯。

あれがなにかをしでかしたのではないか……？

『グルルルル……』

『キシャアア』

「う、うわあぁっ!?」

「なんだよ、急に湧いてきたぞ!!」

半魚人が冒険者に襲いかかっている場面に出くわした。

（先を急いでるっていうのに……！）

ヒカルは「隠密《おんみつ》」を展開したままそちらの部屋に踏み込んで行くと、

『グギッ!?』

『ググ……』

背後から短刀で一突きし、半魚人を絶命に至らせる。モンスター相手でも「隠密」からの「暗殺」コンボはその威力を発揮する。

目を白黒させる冒険者たちは、灰となって崩れ落ちる半魚人の向こう、「隠密」を解除したヒカルに気づく。

「――急いで退避してください」

「え、えっ⁉　お前なんだ、何者だ⁉」

「『灼熱のゴブレット』の冒険者ザッパが死んだという情報があります。ここは危険です」

それだけ言って、ヒカルは再度走り出す。ここまで言ってなお留《とど》まると言うのならば、さすがに自己責任だ。

だがヒカルが部屋を出て次の通路を走っていくと、冒険者たちが荷物をまとめて第1層へと逃げ出すのを「魔力探知」で確認できた。

（モンスターはいまだに徘徊《はいかい》している。ということは、このダンジョンはまだ死んでない……あのボスモンスターを倒したらおしまい、ってわけじゃないんだ）

だが考えがまとまらない。

情報が少なすぎるのだ。

一度通った道だ。ヒカルがトラップのある部屋も軽々と走り抜けて大広間に至ると――

そこでは、

「――ザッパさん、ザッパさぁん……」

「――なんだよ、こんなことってないだろ……⁉」

「――ごめんなさい。ごめんなさい。私の魔法では治せません……」

奥の間へと続く通路の前で、泣きじゃくる「灼熱のゴブレット」の面々がいた。

「……どう、して……こんな……」

ギルドの受付嬢であり、ちょっとやそっとの修羅場では動じないはずのアンジェラですら、その場にへたり込んで呆然《ぼうぜん》としていた。

ヒカルは「隠密《おんみつ》」を展開したまま近づいていく。大広間を支える柱の陰を伝って。

いったい、ザッパになにがあったのか。ヒカルが離れてからの短い時間でいったいなにが起きたのか――。

「………………!!」

思わず、声を上げそうになった。

パーティーメンバー、サポートメンバーが輪になっているその中心に寝かされていたのはザッパだ――ザッパのようだと言うべきだろうか。

身につけている装備品は明らかにザッパのものではあったけれど、ザッパの巨躯《きょく》は見る影もなかったのだ。

頬はこけ、腕は細り、肌は乾燥して土気色《つちけいろ》に。

つまるところザッパは――ミイラのように痩せ細り、死んでいたのだ。

(あり得ない！　こんなこと……魔法や呪術《じゅじゅつ》の類《たぐい》でだって聞いたこともない……!!)

鳥肌が立ち、ヒカルの身体はぶるりと震えた。

誰かに刺されたとか、魔法で吹っ飛ばされたとか、その結果死んでしまうならまだしも、こんなふうにミイラ化して死んでいるなんて想像もしなかった。

「……あ」

思わず、ヒカルは小さく声を上げてしまった。

だけれどその声に反応した者はいなかった。

ヒカルは見たのだ。

「灼熱のゴブレット」のメンバーの輪ができている向こう、ただひとりひっそりと立ち尽くしているスケアの姿を。

彼は——口元を手で覆っていたけれど、その表情は嘆き悲しんでいる者のそれではなかった。

笑っていたのだ。

にんまりと歪《ゆが》む口元を抑えられないというふうに手で覆っていたのだ。

目つきは恍惚《こうこつ》としていた——まるで快楽の絶頂を感じているかのように。

◇

静かな湖畔《こはん》の集落を騒がせたダンジョン狂想曲だったが、この集落は再度静けさを取り戻していた。

ザッパの死亡は確かなものであり、蘇生《そせい》させることはできない――それこそどんな高位の聖職者でも死者を蘇《よみがえ》らせることができないというのは、誰しもが知っていた。

「灼熱のゴブレット」のメンバーは悲しみに暮れながらザッパの死体をダンジョンから運び出した。そして集会所の建物に運び入れると、メンバーが代わる代わる寝ずの番をして亡骸《なきがら》を見守った。

「……まさか、こんなことになるなんて」

アンジェラがぽつりと言った。

そこは集落でも使われていなかった建物のひとつ――ボロ家で、ヒカルたちもダンジョン外の調査をしていたときに借りていた場所でもある。

茫然《ぼうぜん》自失だったアンジェラをここに案内したフレアは、ポーラが淹《い》れてくれた温かいお茶を彼女に飲ませたところだった。

「いったいなにがあったんですかぁ……？」

「……わからないのよ」

「わからない？」

アンジェラはうなずく。

「確かに第2層のボスモンスターは倒した……ダンジョンを踏破したんだって思ったわ。私も踏破の現場に立ち会うなんて一生に一度あるかないかのことだから浮かれてて……」

ザッパたちとともに最奥の部屋に入った。

そこはヒカルが見たときのままの部屋があった。

「灼熱のゴブレット」のメンバーは財宝を手に入れたと大喜びし、アンジェラはアンジェラで部屋の壁際に置かれた死体を気持ち悪いと思いつつも、財宝の価値を考えていた——大抵のものが錆《さ》びついているので、銀貨や銅貨は鋳《い》つぶすしかないだろうな、とかだ。それでも金の量がそこそこあったので数千万から億という単位の金《ギラン》が動くことになるだろうと考えていた。

誰かが言った——「どうしたんですか、ザッパさん?」と。

そのとき初めてアンジェラもザッパへと視線を向けた。

ザッパは壁際のミイラの前に立っていた。

そして彼は後ろにゆっくりと倒れたのだ——そのときにはもう、彼の身体は干からび始めており、ミイラ化は終わろうとしていた。

「……最期の言葉も、なにもなかった。あんなに強かった人が……ヴィレオセアンの英雄が、一瞬で死んでしまったの……」

静かな室内では暖炉の火が燃える音だけが聞こえていた。

「なぜザッパさんが亡くなったのだと思いますか? その点について他のメンバーはなにか言っていませんでしたか?」

ヒカルはそこで口を挟んだ。それまでヒカルのことを低ランク冒険者だとバカにしていたアンジェラだったから、反応はないかもしれないと思っていたが、

「トラップの類《たぐい》だろうって言ってたわ。壁際に並んでいたミイラも、きっとそのトラップにやられたんだろうって……」

案に反してアンジェラは素直に答えた。

「灼熱のゴブレット」のトラップ解除担当が優秀であることはヒカルも知っている。あれだけのトラップ多めのダンジョンでも、ひとつも漏らさずトラップのある位置をマーキングしていたのだから。

その彼が気づけなかったトラップがあったのか？　答えはノーだとヒカルは思う。もしもあったとしたらヒカルの「魔力探知」に引っかかるはずだからだ。

あの部屋に魔術的なトラップはなかった。それは、間違いない。

そうなるとやはりあの杯が——。

フレアとアンジェラはそれからさらに数日、湖畔《こはん》の集落に滞在することとなった。ダンジョン踏破とランクA冒険者の死を知ったギルドが、調査団とダンジョン戦利品の荷運びのための人員を派遣したので、それを受け入れなければならなかった。

「灼熱のゴブレット」のメンバーもまた集落に残った。ザッパの亡骸《なきがら》を置いていくことは

できないからという理由だったが、彼らは完全に気力を失っていた。

セリカと約束をした「世界を渡る術」を使う予定が日一日と近づいていたけれど、ヒカルとしてもフレアを置いて帰るわけにはいかず、残ることになった。

「……ここに聖職者がいると聞いたんだが」

ヒカルたちが寝泊まりしている廃屋に「灼熱のゴブレット」の赤髪の冒険者がやってきたのは、ギルドの調査団が到着するという前日だった。

イキり倒していた彼の面影はまったくなくなり、憔悴《しょうすい》して今にも倒れそうだった。

「はい。私のことですね」

修道服を着たポーラがそちらへと向かう。

「……ザッパさんの亡骸《なきがら》を弔《とむら》ってほしいんだ」

「えっ」

ポーラは意外だというように声を上げた。

実のところ、その提案はすでにこちらからしていたのだけれど、彼らは頑《かたく》なにザッパの亡骸を守ろうとした。いつかザッパが目覚めるのだとでも言わんばかりに。

ポーラが「どうしましょう……」という顔でヒカルを振り向いたが、赤髪の冒険者は、

「すまねえ……前は断ったのにな。都合のいいことばかり言ってるってわかってるが……だけど、俺らは……ザッパさんがほんとうに死んだなんて思えなかったんだ……」

「……ポーラ」

ヒカルがうなずいてみせると、ポーラは答えた。

「わかりました。ザッパさんの魂が天に召されるよう努力しましょう」

「ありがてぇ……」

力なく進む冒険者に連れられて、ヒカルとポーラのふたりはザッパの亡骸がある集会所の建物へとやってきた。

その周囲にはいまだ「灼熱のゴブレット」のパーティーメンバーがいたが、彼らの誰しもが疲れ果てていた。すすり泣く者を慰める者もいた。ふとスケアの姿を探したが――彼もまた魂が抜けたかのような顔で座り込んでいた。

（……あれは見間違いだったのかな）

ヒカルはザッパに死が訪れたあのとき、邪悪な笑みを浮かべていたスケアをはっきりと記憶しているが、今のスケアにはそんな様子はまったくなかった。

集会所に入ると、香の強いニオイが鼻についた。そしてそれに紛れるように漂っている胸がむかむかするような悪臭――死臭も。

テーブルには美しい柄の敷物が敷かれ、ザッパとともに多くの花が置かれており、部屋の隅で香が焚《た》かれている。

ザッパの姿はしおれたままで、生き返るような気配はやはりなかった。

室内にいた数人がにらみつけるようにポーラを見据えた。まるでザッパを奪いにきた悪党を見るかのように。

ヒカルは思わず彼女をかばうように立ったが、なにか行動を起こす者はいなかった。誰しもが疲れ切って立ち上がることもできないのだろうと思えた。

「……大丈夫です、ヒカル様。皆さん、死を受け止めていらっしゃいます」

「…………」

ヒカルはポーラの前からどいた。

ポーラは胸を張って、だけれど沈痛さを滲《にじ》ませた表情で亡骸《なきがら》へと歩いていく。死が覆う闇を、光を纏《まと》ったポーラが切り開いていくようにヒカルには見えた。

「『天にまします我らが神よ。いまだこの地にあり、彷徨《さまよ》える魂に慈愛の手を差し伸べたまえ。すべての命の母にして父、父にして母なる御前の元へこの魂を導きたまえ』」

ポゥ、とポーラの身体が黄金色に光ったと思うと、いくつもの光の珠が彼女がかざした手のひらへと移動していく。

その詠唱はダンジョン内で死んでいた冒険者を弔《とむら》ったときよりも長く、丁寧だった。

ポーラは、目を閉じて眠り、目覚めぬザッパの額に指先をつけた。

「『傷つき、疲れ果てた魂よ、安らぎのときは来た』」

そのままヘソの辺りにもう一度タッチすると、黄金の光の線が現れた。

「『そなたを縛るあらゆる苦しみも、悲しみも、すべてこの世界に置いてゆけ』」

次に左肩の下に触れ、右肩の下に触れると横の線も現れる。

「『今生《こんじょう》に別れを告げ、光ある来世へと歩め……』」

描かれた十字の線がまばゆい光を放つ。

それは光の柱となって立ち上がり、集会所の屋根も突き抜けて高い高い空へと上っていった。

──冒険なんてものはそういうもんだよ。

ここに来るまでの旅路でザッパはヒカルにそう言った。

(冒険なんてそんなもの……ぱったりと、原因もわからぬまま、仲間を置いて死んでしまうこともまた「そんなもの」だとあなたは言うのですか?)

物言わぬザッパにヒカルは問いかける。

彼はきっと「そうだ」と言うのだろう。

「…………」

光がやむまでは数十秒の時間がかかった。

だけれどゆっくりと、着実に光は弱まっていき、やがて薄暗い室内の光景が戻ってきた。

「ザッパさん……ザッパさぁぁあん……!」

冒険者のひとりがくずおれて泣き出すと、その感情は波紋のように伝わって「灼熱のゴブレット」のメンバーたちがおいおいと声を放って涙をこぼす。

彼らはようやく、心にケリをつけられたのかもしれない――ザッパは死に、もう戻ることはないのだと。

◇

ポーラは断ったが、赤髪の冒険者はぜひにと言って無理にポーラに金貨の入った袋を押しつけていった。ザッパを弔ってくれた報酬のつもりらしい。

翌日、ギルドの調査団がやってきたときにはザッパの肉体は火葬に付され、パーティーメンバーはさらに小さくなったザッパの骨と灰を彼の故郷に運びたいと言った。

だがその前に彼らにはやることがあった。ダンジョンの最奥まで調査団を導くことだ。

調査団は、ギルドのお偉いさんらしい人を筆頭に10人ほどのチームだ。財宝の運搬に雇われた人たちはテントを張って休憩している。

「モンスターは再出現しているでしょうけど、最初にいたほどの数じゃなければ問題ないわ」

アンジェラはそう言って「灼熱のゴブレット」パーティーとともに、調査団を連れてダンジョンへ入っていった。

「……大丈夫ですかねぇ」

「大丈夫ですよ」

不安そうな顔をするフレアにヒカルは請け合った。

なぜならヒカルは昨晩のうちに、ダンジョン内を念のため確認しておいたのだ。第1層を見たところ再出現数はかなり少なかったので、危険なく最奥まで行けるはずだ。

「それよりフレアさん、ギルドの調査団にあの話はしたんですか？　ダンジョン内で亡くなっていた冒険者の……」

「はぃ、お伝えしました。ですけど、ちゃんと取り合ってもらえませんでしたぁ」

「え？　どういうことです？」

「……冒険者がダンジョン内で死ぬことはよくあることですぅ。それがモンスターに殺されたものかどうかはわからないし、いちいち調べることもできない、と。もし目撃者でもいれば違ったのだと思うのですがぁ……」

「そんなことよりダンジョンの財宝のほうが大事だということですか」

思わずトゲのある口調で言ってしまい、

「……すみません、フレアさんに言ってもしょうがないのに」

「わかりますぅ、私も同じことを思いましたからぁ。今回、『灼熱のゴブレット』の皆さんは手に入れた財宝についてはすべて所有権を放棄したので、ギルドがすべての財宝を接収することができるのですぅ」

「え？　所有権を放棄……ですか？」

「はぃ。ザッパさんが亡くなられたこのダンジョンのものを持ち帰りたくないと……」

「ああ……」

彼らの、ザッパに対する愛情——いや、信仰にも等しい感情を思えば、ヒカルにも理解できた。ランクA冒険者パーティーの彼らにとっては、たいした金額にもならない財宝であるという側面もありそうではあったが。

調査団は無事にダンジョンの最奥にまで到達したらしく、翌日には運搬人が続々とダンジョンに入っていき、最奥の財宝を運び出し始めた。砂金や翡翠《ひすい》を持っている冒険者からの買い取りも始めたので、湖畔《こはん》の集落はまたも騒がしくなった。

そんななか、

「ヒカルさん、こちらから向こうまでのリストチェックをお願いできますかぁ？」

「わかりました」

「すみません……こんなの、護衛依頼でもなんでもないのに」

「いいんですよ、早く終わったほうが早く帰れますから」

ギルドが査定を行っている財宝のリストはアンジェラの手によって完成していたが、フレアもそのダブルチェックを頼まれていた。

少し前までザッパの遺体が置かれていた集会所の建物には、所狭しと財宝が運び込まれていた。

ヒカルはリストを片手に、チェックをしていく。古びた銀貨の山に、銅貨の山。錆《さ》びた剣に鎧《よろい》。金貨や宝石の類《たぐい》はフレアが確認している。

ポーラは今は集落の長に頼まれ、墓地にいるころだ。教会の建物もないここでは、時折訪れる聖職者に頼んで死者の弔《とむら》いを行っている。

「……数は多いけど、装備品には価値はなさそうですね」

錆びた装備品だと、鋳《い》つぶして素材にするくらいしか使い道はないだろう。

「そうなんですぅ。金と銀の量が価値のすべてになりそうですねぇ」

しばらくするとフレアのチェックも終わった。

「すべては水のせいですか」

「はぃ。湿気で金属はダメになってしまいますねぇ。――そうそう、ダンジョンの活動が止まったらしいですよ」

「そうなんですか？　モンスターは再出現していたはずですが……」

「どうやらぁ、それが活動の限界だったみたいで。今はダンジョンに入っても真っ暗なんですぅ」

「へぇ……」

ダンジョンは死んだということか。

ザッパが倒したあの巨大半魚人がそのきっかけだったのかもしれないなと、ヒカルはそんなことを考えたが、

「――あれ？」

ヒカルはふと室内を見回して気がついた。

「これで……中で集めたものは全部ですか？」

「はい、そうですよ？」

「…………」

あの杯がない。

見た目は粗末な代物ではあったけれど、それなりに大きいのでここにあればすぐにわかるはずだ。

胸の中がざわりとした。

「ヒカルさん？　なにかおかしな点がありますかぁ？」

「あ、いや……」

杯があったはずだけど――と言ってしまえば、どうしてヒカルがそんなことを知っているのかということになる。ヒカルは最奥の部屋を見ていない体《てい》なのだ。

「……なんでもありません。意外と少ないなって」

フレアが「そうなんですよぉ」と言って、ふたりは集会所を出た。彼女はそのままギルドの調査団と打ち合わせがあるという。

あの杯はどこに消えたのか——まさかあのダンジョンに置き去りのままでは、と思っていると、

「おう……お前、ヒカル、だったっけ」

声を掛けてきたのは赤髪の冒険者だった。

まさかまた難癖を付けにきたのか、と一瞬警戒すると、

「……すまなかったな」

不意にそんなことを言った。

「え？」

「俺たちにとっちゃザッパさんは頼れるリーダーで、兄貴で、親みたいな存在で……とにかくすげぇ人だったんだ。そんなザッパさんがお前に声を掛けたもんだから、正直、俺は妬ましかった」

「あ、ああ……それは十分わかっていましたけど」

「……もしかしたら、万にひとつの可能性かもしれねえけど、お前がウチのパーティーに入っていたらザッパさんは死なずに済んだんじゃねえかって思ったら……」

「…………」

冒険者は足元をじっと見つめ、両手を握りしめていた。

その身体は震えていた。

「……僕が入っていてもなにもできませんでしたよ」

「！」

「僕を勧誘した理由をザッパさんに聞いたことがありますが、『なんとなく』だそうです。それと『俺は勘がいいというわけじゃないが』とも言っていました。僕がパーティーに入っていてもこの結末は変わらなかったと思います」

「……そうか」

彼は少し、安心したような顔をした。だけれど次の瞬間そんな自分を恥じるようにがりがりと頭をかいた。

「俺たちは明日にはもうここを発つんだ。もう会うこともねえだろうが――」

「いえ、どこかで会うかもしれませんよ。それが冒険者というものでしょう」

「違いねえ」

男が差し出した手をヒカルは握り返した。

そしてヒカルに背を向けると、彼はひらりと手を振るだけで去っていった。

名前も知らない冒険者。彼が――彼らがこれから先どうしていくかはヒカルにはわからないが、それでも「灼熱のゴブレット」のメンバーで相談して決めていくのだろう。

「……僕とは全然違う生き方だ」

ヒカルはそうつぶやいた。


その日の夜、ヒカルは寝付けなかった。

「灼熱のゴブレット」のことを考えていた。

ザッパを中心としたパーティーだったし、どうしたって分裂する未来が待っているけれど、それでも彼らはザッパの亡骸《なきがら》を彼の故郷に運ぶところまでは一枚岩でいられるはずだ。

ヒカルは、この世界で生きていこうと思っていたが「世界を渡る術」の完成で日本と行き来できるようになった。日本で生きていきたいとはもはや思わないのだが、選択肢が増えたことは間違いない。

自分の能力が特殊なこともあって、ヒカルはパーティーメンバーを最小限にしてきたし、自分の能力を使う相手も限ってきた。ザッパとは真逆の道だ。

(でも……それは「どう生きるか」という「決意」の問題でしかない)

ヒカルは自分がカリスマになりたいわけではなかったが、それでもザッパのような生き方もやろうと思えばできるのだということを知った。

ポーラなどは「彷徨《さすらい》の聖女」として各地でひっそりと信仰を集めているし、自分が決意する、しないにかかわらず、既成事実ができているというのもある。

もしかしたら——自分もパーティーを大きくしてもいいのではないだろうか？

ソウルボードの力を使えば一騎当千を集めることだって難しくない。

そしてこの世界に残る未知のダンジョンや未解決の謎を攻略するのだ——。

「……バカバカしい」

ヒカルは自嘲《じちょう》気味に笑って起き上がった。

どうやら、いかにも冒険者然としていたザッパの考え方にあてられていたらしい。それはつまりヒカルにとってもザッパが死んだことがショックだったということだ。

「少し頭を冷やそう」

ボロ家を出ると、凍《こご》えるような冬の夜が広がっていた。

もう1週間か2週間もすると雪が降り始める。さらに冬が深まれば湖面は凍結する。

そんな長い冬をどう過ごすのかと、ヒカルは集落の人たちに聞いたことがあった。彼らは一様に、「家に籠《こ》もって家でしかできないことをやる」と答え、「たまの晴れにはわずかな恵みを探して森に入るか、氷を割ってその下の魚を釣る」と言った。

すでに冬支度は済んでいて、家々は多くの薪《まき》を確保していたし、保存食の準備もできている。彼らはたくましく暮らしている。

「寒いな……」

ツェン＝ティ湖の湖畔《こはん》にやってくると、空には満天の星がきらめいていた。新月の夜だからか星々は生き生きと輝いている。

「……こんな状況じゃなきゃ、もっとちゃんと見るのに」

吹き渡る風がさらにヒカルの体感温度を下げた。天体観測を楽しむような場所でもなければ夜の散歩を気取れるような場所でもない。ただただ生命の危険を感じたヒカルである。

「ヤバいな。戻ろっと……」

きびすを返して集落へ戻ろうとした——そのときだった。

「!!」

なにかがきらりと光るのを見た。

それは星の輝きの見間違いとかそういうものではない。なぜならば地上で発せられた光だからだ。

離れた位置にある桟橋《さんばし》の先だ。

とっさに使用した「魔力探知」によって、ヒカルはそこに——強烈な魔力の発動を感じ取った。

「あれは……!?」

身体は小さいが、内に秘めた魔力はとてつもなく大きく、そしてどろりと粘着質な感じがあった。誤解を恐れずに言えばそれは「禍々《まがまが》しい」と言っていいだろう。

桟橋《さんばし》の先端に立っていたのはスケアだ。

彼が差し伸べるように掲げていたのは――杯だった。

「――――ッ!!」

ヒカルほどの「魔力探知」がなくともその波動ははっきりとわかることだろう。

杯から濃い紫色の魔力がほとばしり、周囲に広がっていく。

暴風に遭ったようにスケアの髪が逆立ち、服の裾がはためく。

湖面がさざめき、ヒカルの近くまで波が寄せてきた。

「アイツは……いったいなにを!?」

スケアの視線は杯に固定され、その口が小さくもごもごと動いていた。離れていて言葉を聞き取ることはできないが、なんらかの詠唱のようなものだとヒカルは「直感」した。

消えた杯をスケアが持っている。

その杯を使って彼はなにかをしようとしている。

そしてあの表情――。

「同じだ」

ザッパの亡骸《なきがら》を見たときと同じ、笑みを浮かべているのだ。

魔力は濃い紫色からだんだん赤みを帯びていき、今では赤黒い色になって、今度は杯へと吸い込まれていく。

あれはマズい。

なにかとてつもなく邪悪な代物だ。

ヒカルはとっさに足元の石を拾い上げると、スケア目がけて投げつけた。

「!!」

風切り音か、あるいはヒカルの動きにか、気がついたスケアはハッとして自らの身体で杯を守るようにして背中を向けた。

ソウルボード上では「投擲《とうてき》」2に「筋力量」2というヒカルの力は、鍛え上げた大人が石つぶてを投げつけるのに等しい。背中に石が激突するとスケアは前によろめいたが、ぎりぎりそこで耐えた。

「誰ですか!!」

「……お前、なにをしているんだ」

注意深くスケアとの距離を詰めながら、ヒカルは桟橋の手前に立った。

邪悪な魔力の発動は止まっているが、杯には赤黒い光が満たされている。

「なにを、しているか……ですって？」

横顔をこちらに向けたスケアは、にやりと笑った。それは彼がなんらかの催眠術などにかかっているのではなく、自らの意思でこの禍々《まがまが》しい儀式を執り行っていることを示している。

「それもわからずに石を投げたのですか……？」

「……その杯はダンジョンにあったものだろう。『灼熱のゴブレット』はすべての財宝を冒険者ギルドに引き渡すことにしたはずだ」

「ああ……そうですね、ああ、はい。彼らの……物の価値をわからぬ輩《やから》どもは、そう決断するでしょうね……」

「物の価値だって？　お前はその杯の価値を知っているのか」

「……あなたは、やはり危険ですね」

「なに？」

「あのザッパ様が、パーティーに誘ったのを断った。それだけでも許しがたいというのに……こうして、僕が、ボクが、ぼくが……我の手に入れし杯まで狙おうとするとは……!!」

「!!」

ヒカルはとっさに後ろに飛びのいた。たった今ヒカルが立っていた地面から土の槍《やり》が隆起する。

（魔法!?　いや、詠唱はなかった……だけど）

魔力が放たれたのを感じ取ったのでかわしただけだったが、それは正解だったようだ。

それよりもヒカルはスケアの姿から目を離せなかった。

彼の目は今真っ赤に染まり、肌は土気色《つちけいろ》になっている。

露出した頬と首に、ぴしりとヒビが入っていた。

「お前は……モンスター……!?」

人間離れした鬼のような迫力は、まさにモンスターのそれだとヒカルは感じた。

スケアは片手で眼鏡を取ると、大事そうに胸ポケットにしまった。

「『モンスター』だの『魔物』だのと……貴様らが勝手に呼んでいるだけであろうが。我の目には貴様らヒト種族のほうがよほど、狡猾《こうかつ》で、残忍で、欲深く、愚かに映る」

「…………!!」

ヒカルの「直感」が危険だと囁《ささや》く。

これはスケアではない——いや、スケアという皮をかぶったなにか別の生き物だ。

（スケアのソウルボードを確認できていればなにかわかったかもしれないのに……！）

だけれどこれまでのスケアにはなんの異常も感じられなかった。ヒカルの「直感」3をもってしても、だ。

スケアは完璧に、「灼熱のゴブレット」サポートメンバーである自分を、目が悪いが一所懸命働く少年を、ザッパに憧れ心酔する男を、擬態していた。

いや――もしかしたら。

「お前は……ザッパさんに憧れていたんじゃないのか？　それともアレはただの演技だったのか？　それとも……」

もしかしたら、とヒカルは思う。

ザッパへの思いは本物だったのではないか、と。

「ザッパ様のことを、貴様ごときが口にするなァッ!!」

「！」

桟橋《さんばし》付近の湖面が揺らめいたが、その直後水が凍りついていく。

凍《い》てつく波動はヒカルへと迫る。

全方位に放たれた波動をかわすことはできないが、全方位に向かったぶん威力は弱い。

両腕で顔をガードすると、露出した肌が、寒さに切れたように痛んだ。

（この怒りは……やっぱり、ザッパさんへの思いは本物だったということか）

ヒカルは納得する。

本物だったからこそ、ヒカルの「直感」では感じ取ることができなかったのだ。

「なぜ……ザッパさんを殺した？」

「――なに？」

「僕は見た。お前はザッパさんが死んだ後に邪《よこしま》な笑みを浮かべていた。お前が殺したんだと僕にはわかった」

「………」

先ほどの怒りはどこへやら、スケアは一瞬きょとんとすると、

「……くくっ、くくくっ。くくくくくく！」

肩を小刻みに震わせて笑い出した。

「なにがおかしい」

「くくくく！　おかしいに決まっている。貴様には理解できるはずもないものであっただろうからな」

「なんの話だ？」

「ザッパ様のことを貴様はなにもわかっていない。ただのヒト種族では決して到達し得ないほどの能力を持ちながら、太陽のように周囲を照らし出す存在。それは陰に生きる我にとっていかほどまぶしく見えたことか……」

陰に生きる？

文字通りに受け取ればそれは「裏社会に生きる」とか「脛《すね》に傷のある」という意味になるだろう。

だがそういう意味ではない、そんな気がした。

「……そして冒険者であるときこそザッパ様の真骨頂《しんこっちょう》であった。もっとも輝き、強い光を

放つのが、ダンジョンの最奥で戦っているときなのだ！　ザッパ様のすばらしい勇姿を、我は永遠に記憶に刻んだのだ……」

うっとりと言った後、

「だというのに」

ぴしり、とまたスケアの周囲に冷気が漂い始めた。

「ザッパ様は冒険から離れると途端に輝きが弱くなった。いや、貴様のような一般人とは比べるべくもないほど輝いてはおられたが、いかんせん酒を飲み、女にうつつを抜かしているときのザッパ様は暗雲に遮られた太陽、斜陽の陽射しであった。我はもう、そんなザッパ様を見たくはなかった」

スケアはヒカルに杯を傾けて見せる。

そこにはなにかが入っていた——数本の線が見えた。

（髪の毛……？）

いったい誰のものなのか、と考えたとき、ヒカルにはすぐにそれがザッパのものだと思い当たった。

「その杯を使って……ザッパの命を奪ったのか」

杯が呪具《じゅぐ》で、あれがザッパの髪の毛だとするとつじつまは合う。

「命を奪ったなどとは、人聞きの悪い」

するとスケアは笑った——楽しくて楽しくて仕方がないとでもいうように。

「ザッパ様が冒険者として最も輝いていたあの瞬間——魂を、すくいとったのだ」

「……魂を、すくいとる？　なにを言ってるんだ……大体、なんのために」

殺した、と言われたほうがまだスッキリする。魂をすくいとってなにをどうしようというのか。

「我の一部とするためだ」

スケアはもう笑っていなかった。

「ザッパ様が我の一部となるのだ。そして我はさらに完全なる存在へと近づくことができる」

ざり、と凍りついた桟橋《さんばし》を一歩踏み出したスケア。

「……理解する必要はないぞ、人間。半霊半人《ハーフレイス》である我の無謬性《むびゅうせい》など理解できぬであろう」

ざり、ざり、と歩いてくるスケアは桟橋から降り、地面に立った。

ヒカルには意味がわからないことばかりだった。レイスとはアンデッド系モンスターであり、強い恨みや心残りを持った者の魂が悪霊化したものだ。ハーフレイスと言うからには半分モンスターであると言ってもいいだろう。

（半分悪霊で、半分が人間……？　ポーラがここにいればよかったのに）

ポーラの聖属性の魔法はかなり効くはずだ。

(でも、連れてきていたら危険もあった……)

聖職者であるポーラがいたら、スケアは真っ先に命を狙ってきたはずだ。

(あの杯を使って僕を直接どうこうはできないはずだ。僕の髪の毛なんて持っていないだろうし。だけど——あの杯に込められた魔力はヤバい)

湖面を凍らせるような魔力を放っても平然としているのは、スケアが杯から魔力を吸収しているからだった。

そうなればスケアは魔法を撃ち放題ということになる。

しかもハーフレイスだからなのか魔法の詠唱をしていない。ヒカルには「魔力探知」があるからよかったものの、

「ッ⁉」

考え事をしていたら再度、ヒカルの足元が隆起した。ぎりぎりで横っ飛びでかわせたのも魔力の移動を感じ取ったからだ。

「……やはり、貴様はなんらかの方法で我の魔法を察知しておるな？」

「勘だよ、勘。お前みたいな性格の悪そうなクソガキはこういうタイミングで魔法を使ってくるだろうなって——」

スケアの周囲に氷のつぶてが出現すると、ヒカル目がけて射出された。

「──話の、途中、だってのっ！」

ダッシュで全弾をかわしたヒカルだったが、つぶては林の木々にめりこんでいた。かなりの威力だ。

そして、ヒカルは自分の立っている場所に気づき──それはちょうど湖の際で、集落とは真逆の方向だった──ここに誘導されていたのだ。

「いい表情をするではないか。どんな方法で魔法の発動をつかんでいるのかはわからぬが、逃げ場はもうない。冷たい湖で寒中水泳を試してみたいのならばそれも構わぬがな」

「……なるほど？　僕を仕留められるという自信があったからこそ、いろいろとおしゃべりしてくれたというわけか」

「知恵は回るようだが、あいにく我が欲しているのはまばゆいばかりの輝かしい魂のみ。貴様のようにくすんだ魂は必要ではない」

「………………」

くすんだ魂だって──確かにまあ、陰があるところは否定できないけどな、と内心イラッときたヒカルだったが、

「それじゃあ、最後にひとつ聞かせてくれよ。なぜ今夜、この湖に出てきた？　ギルドの調査団が来るとわかってその直前に杯を持ち出したんだろ？　こんな湖に来なければ僕に見つかることもなかった」

「…………」

スッ、とスケアの目が細められた。

「……貴様は、我の想像以上に知恵が回るようだな」

「見逃す気になったか？」

「いいや、ますますこの場で殺さねばならないと強く自覚した——死出の旅路のはなむけに、教えてやろう。杯はこの湖にかつて棲んでいた人魚の持ち物だった」

「…………」

それは——ヒカルも想定していたことだった。

半魚人モンスターの出るダンジョン。

最奥にある謎の杯とミイラたち。

これらを組み合わせればツェン＝ティ湖に伝わる伝承を連想するのが当然だ。

「……『人魚が、人魚の魔法を捨てて人になるには、愛する者の命を捧げなければならない。それを知らずに人魚は儀式を行い、人となったが、そのときには愛する人の命は失われていた』」

ヒカルがそう口にすると、

「そのとおり、それこそが本来の伝承の内容であり、この集落が広めたようなつまらぬ恋物語ではまったくなかった」

「儀式に使われたのがその杯だというのか？」

するとスケアは、うなずいた。

「我が心より慕うザッパ様の魂をこの器がすくいとったのだ。そして魂を湖に捧げることで儀式は完成する」

「お前は……もしや『人間』になろうとしたのか⁉」

人魚の伝説とハーフレイスのスケア。

そのふたつがヒカルの中でリンクした——のだが、

「バカめ」

スケアはせせら笑った。

「やはり人間にはハーフレイスである我の無謬性《むびゅうせい》を理解できぬのか、悲しいことよ。なぜ、レイスと人間の両方の力があるのに、片方を捨てねばならぬ？」

「なに……？」

「我は、そのふたつの力を完璧に手に入れる」

スケアは両腕を広げた。右手に杯があり、左手にはなにもなかったが——その手はなにかをつかもうとしていた。

「『完全双性《パーフェクト・ダブル》』になるには、強大な力が必要だったのだ。そう、それこそ英雄の魂が持つような力が……」

ヒカルはここでようやく理解した。

スケアは本気でザッパを慕っていた。だがその感情の裏側には、ザッパのような強い人間が持つ「力」への渇望があったのだ。

ツェン＝ティ湖の伝承と儀式は、スケアの希望にぴたりと当てはまった。

彼は自身の欲望のためにザッパの命を捧げ、自分の力にしようとした。

レイスと人間と、ふたつの力を手に入れることが最終目的なのだ。

「少しはわかったかね？　偉大なる英雄であるザッパ様は亡くなったが、悲しむことはない。『完全双性《パーフェクト・ダブル》』を我が手に入れれば、新たな英雄が……ザッパ様を超える英雄がここに誕生するのだから」

自らに酔ったように笑うスケアだったが、その顔は土気色《つちけいろ》で、確かに人としての肉体を持ちながらも生命力は希薄だった。

ふっ、とヒカルの口元がほころんだ。

「小さいなぁ……」

そしてはっきりと笑った。

「……今、なんと言った？」

「小さい、って言ったんだ。お前の器、小さすぎるよ。ザッパさんに比べれば……いや、比べるのもおこがましいほどに小さすぎる。お前なんて、油断してたザッパさんを裏切って、不意打ちで殺しただけの小者じゃないか」

「…………」

「挙げ句の果てには僕みたいな最低ランクの冒険者に自慢をする。誰かに聞いてほしかったんだろ？　そして『すごいね』って言ってほしかったんだ。だけど、『灼熱のゴブレット』の人たちには言えなかった。なぜなら言ってしまえばお前の卑怯《ひきょう》さ、みみっちさを責められ、それを自覚してしまうからだ」

「…………」

びき、びきびきびき、と枯れ木の折れるような音がした。

それはスケアの周囲が超低温になり、大地に含まれる水分が凍りついて盛り上がり始めたことによる音だった。

「……貴様のような者に、我の崇高なる考えが理解できるはずもなかったな!!」

魔力の波動が放たれた。

◇

スケアはこの世界に生まれ落ちるというその日、母が死に、悪霊と化したためにハーフレイスとなってしまった。

そのせいで身体は大きくならなかったが、息を吸って吐くように魔法を使うことができ、尋常ではないほどの魔力量を誇っていた。

そこに杯の魔力――ザッパの魂と引き替えに手に入れた魔力があれば、鬼に金棒だった。少なくともここで派手に魔法を使いまくっても「完全双性《パーフェクト・ダブル》」になるには十分な魔力が残るはずだった。

「下らぬ時間を過ごしてしまった」

ゴウッ、とスケアを中心に吹雪《ふぶき》のような冷気が吹き荒れる。

氷のつぶてがいくつも形成されて浮かび上がる――それは先ほど撃ったよりもずっと大きく、人の頭ほどもある。

暴風に煽《あお》られ、ヒカルの足元がふらりと揺れるのをスケアは見た。

「死ね」

氷のつぶてを射出する――逃げきれるものなら逃げてみろ。

そのまま追尾してやる、どこまでもだ、と言わんばかりに射出するそばから氷のつぶてを作っていく。

「む？」

次の瞬間、ヒカルはマントを脱いでスケアに向かって投げた。

愚考だ、とスケアは思った。

10メートル以上の距離があるのでマントなんて届くわけもないし、氷のつぶてを受けてマントは吹っ飛んでいく。

所詮は人の浅知恵。このマントが消えた向こうには血まみれになった黒髪の少年がいるはずだ——。

「!?」

スケアは目を見開いた。

マントが消えたそこに、ヒカルの姿はなかったのだ。

逃げられた!

スケアはすぐさま林のある方向へと氷つぶてを飛ばす。マントを投げた直後に身体をかがめて走り出したのだろう。逃げるなら林のはずだ。

しかし、そこにもいなかった。

「どこだ……?」

スケアは元々目が悪い。眼鏡を外せばなおさらだ。

だが夜になればレイスの力が増して一般人よりははるかによく見えている。

「どこだ!!」

だからこうも簡単に見失うはずはなかった。

さらに言えば、嗅覚や聴覚、気配を感じ取る力も増している。見失う理由などなにひとつなかった。

おかしい、とスケアは思った。

なにかがおかしい。

そう感じたときには遅かった。

ドンッ、という衝撃が身体に走った。

「――ぐふっ」

こんなふうに、背後から刺されるなんてこと、あっていいはずがなかった。

◇

一度「隠密《おんみつ》」を発動すれば、モンスター相手でも逃げ切れることはわかっていた。それにヒカルの姿が消えたあと、スケアが氷のつぶてを乱射するにしても林を狙うだろうことも当然だった。

だからヒカルは湖を渡った。

スケアの冷気によって凍りついた湖面を。

背後を取ればあとは簡単だ。

ヒカルの刃《やいば》は確実に、人間ならば心臓のある位置を貫いていた。

「隠密」状態からの「暗殺」スキルの発動。ただでさえ致死傷を与えられる確率はぐっと高いのに、心臓を短刀で貫くという確実に命を奪うための攻撃。

ふつうの人間ならば間違いなく殺せた。

ふつうなら。

だけれどスケアはハーフレイスだ。

「ぐぬぬぬう！」

胸に刃が突き刺さっていたら絶対にできないような動き——スケアは半身をひねって後ろにいるヒカルを肘で打とうとした。

ヒカルはこの攻撃を読んでいた。

短刀から手を離すと、スケアの上体が傾いてバランスが崩れる。

「ぜえいッ!!」

ヒカルの前蹴りが狙ったのはスケアの右手——杯だった。

「!!」

ブーツの先が杯に当たった。

杯はぽーんと飛んで凍りついた湖面にぶつかり転がっていく。そして最後にはとぷんと暗い湖に沈んでいった。

「き、貴様!!」

「人間をなめるなよ、半人前」

「!?」

ヒカルはさらに踏み込んでスケアに連撃を浴びせる。拳で顔を打ち、蹴りで膝を打つ。

「おおおおお!!」

体勢を崩したスケアの、背中に刺さった短刀の柄を蹴り上げると、

『ぎぃいいあああああああ!!』

スケアは——人のものとは思えない声で絶叫を上げる。

その身体が崩れ、霧《きり》のように輪郭《りんかく》が溶けていく。

『——この屈辱、恨み、絶対に忘れぬぞ!!』

バァンッ、とスケアの身体が爆散すると、爆風に煽《あお》られてヒカルも背後に転げた。

「っつ……」

起き上がったそこには——誰もいなかった。

湖畔《こはん》の砂地にはどろりとした半透明の液体が小さな山になっており、わずかな光を放っていた。そこにはヒカルの短刀が埋まっている。

血も、肉片もなかった。

だがスケアの着ていたらしい服が飛び散り、向こうには破れて汚れたヒカルのマントがあるきりだった。

「……マジかよ」

ヒカルはその場にしゃがみ込んだ。

きっとスケアは死んでない。そう「直感」が告げるのだった。

◇

「ええええっ⁉　そんなことが⁉」

昨晩の顛末《てんまつ》を話すとポーラは驚いてのけぞっていた。

一晩明ければ湖面の氷も元に戻り、荒れた湖畔もさほど目立たなくなっている。

ヒカルは見える範囲でスケアの装備品を集めて埋めておいたので、昨晩のことは誰かに知られることはないだろう。

「まあ……当然と言えば当然なんだけどね。人間の肉体を持っているから短刀で刺せばダメージは受けるものの、レイスの霊体にはなにも影響がない」

「ひえぇ……ずるいですねえ、そんなの」

「ポーラの魔法があればもっと簡単に解決できるのにって心底思ったよ……」

「え？　わ、私ですか？　えへ、えへへへへへ」

自分が必要とされているとわかったポーラが、にまにましながらくねりんくねりんと身体を揺らしている。喜びと照れが両方襲ってきているらしい。

「さて、と……それじゃひとつ頼まれてくれないかな」

「はいっ！　私ポーラにできることでしたらなんでも！」

軍人の敬礼みたいなポーズまでして、ポーラのやる気があふれている。

「い、いや、そんなに大変なことじゃないんだ……火を焚《た》いておいてくれないか？」

「焚き火、ですか？　なんのために？」

「……気は進まないんだけどねえ」

ヒカルは言った——湖に潜る必要があるんだ、と。


その日の朝のうちに「灼熱のゴブレット」のパーティーは集落を去って行った。スケアがいないことを問題視することはなかった——というのも、他にもメンバーが数人、姿を消していたからだ。ザッパのいない今、パーティーをどうするかということで内輪もめが起きていて、スケアがいなくなったのもその流れだろうと彼らは判断していた。

冒険者ギルドの運搬人たちもダンジョンから引き上げた財宝を運ぶために出て行き、さらにはダンジョンが活動を停止したことで冒険者たちもいなくなったので、集落はまた静寂を取り戻しつつあった。

「……ふん、ようやくいなくなったな」

「まったくだ。せいせいするわい」

そこへやってきたのは、ポーンソニア王国とヴィレオセアンの指揮官のふたりだった。

それぞれ手勢を引き連れていたが、その数は前回よりも多く50人ほどになっていた。どうやらそれぞれ領主や本国に連絡を取り、増員したらしい。どうしてもダンジョンを手に入れたいということだろう。

だが、

「……は？」

「……ダンジョンが死んだ？」

ギルドの調査団リーダー、お偉いさんっぽい人物がその事実を告げると、彼らは、

「バカな！　貴様ら冒険者ギルドはそうやってウソをついて我らの目を欺《あざむ》こうとしているのであろう！」

「そのとおり！　なんと卑劣なヤツらだ！」

信じなかった。

呆《あき》れて口を挟んだのはアンジェラだ。

「はぁ……それなら調べてきたらいいじゃないですか。隅々まで、くまなくどうぞ」

「当然だ！」

「ゆくぞ！」

「入口はあちらです」

手で指し示すアンジェラに背を向けると、肩を怒らせた指揮官ふたりは手勢を率いてダンジョンへと入っていった。

それから30分もせずに出てきたが。

「どういうことだぁ！　真っ暗ではないか！」

「これではまるでダンジョンが活動を停止したかのようではないか！」

「だからそう言ってるでしょう？」

アンジェラは彼らに説明をする。「灼熱のゴブレット」がダンジョンを踏破したこと。地下2層までしかない小規模ダンジョンなのでそもそも旨みがないこと。最奥のボスを倒したせいでダンジョンは活動を停止したらしいこと——。

「バカ、な……」

「せっかくのダンジョンを、貴様らは破壊したというのか……」

「破壊と言えば破壊ですけどね、ここに徴収した財宝の目録があるので、欲しいものがあればお渡しする用意がギルドにはありますよ？」

「！」

「それだ！」

ふたりの指揮官はアンジェラから奪い取るように目録を受け取ると——用意周到なこと

にちゃんと2通用意されていた——食い入るように中に目を通した。

「……アンジェラさん、いつの間にそんな話に？」

「……この人たちだって面目丸つぶれになったら引き下がれないでしょ？　だから『リンガの羽根ペン』で連絡を取って本部の承認をもらっといたのよ」

「……おぉ、すごいですぅ」

素直に感心しているフレアに、アンジェラはニッと笑ってみせた。

こういう根回しや政治的な立ち回りは、フレアはほとんど経験がなかった。

アンジェラのもくろみどおり、冒険者ギルドが手に入れた財宝を三等分することで話はまとまった。

「それで、ここのダンジョンの所有権ですが——」

「バカを言え、死んだダンジョンなど要らぬわ」

「左様。財宝を早くに届けるのだぞ」

ふん、と鼻を鳴らすとふたりの指揮官は去っていった。

「感じ悪っ」

べー、とアンジェラは舌を出す。

「……ふふっ」

「なによ。なにかおかしいことでもあった？」

「アンジェラさんが元気を取り戻したことがうれしくてぇ」

確かにアンジェラはザッパが死んだ後は呆然《ぼうぜん》として2日はまともに動けなかったし、割と真面目にザッパを狙っていたようなので――高ランク冒険者と結婚するのはギルド受付嬢にとって現実的かつ夢のある目標だ――それもあってひどく落ち込んでいた。

「――――」

微笑《ほほえ》んだフレアに唖然《あぜん》としたアンジェラだったが、すぐにぷいと顔を背けて、

「バ、バカじゃないの？　ふつう、ライバルが落ち込んだら喜ぶものよ」

と強がりを言った。

その耳は赤く染まっている。

「うふふ」

「な、なによっ！　と、とりあえずここのダンジョンの管理だけ決めてしまうわよ！　そんなふうに笑うならあなたのところが持ちなさいよ！」

「それとこれとは話が別ですぅ。元々『灼熱のゴブレット』が『所有権は踏破者にあり』と主張し、実際に踏破したのですから、『灼熱のゴブレット』こそが所有権を持っていますよねぇ？　そして『灼熱のゴブレット』はダンジョンで得た『すべての』所有権を放棄したのでぇ、彼らを統括するヴィレオセアン首都冒険者ギルドが管理責任を負いますぅ」

「ぐぬぬぬ……」

フレアの言っている内容は完璧に筋が通っているので、アンジェラとしては言い返せない。

実のところ「死んだダンジョン」の管理など誰もやりたくないのである。

基本的には入口を封鎖して終わりだが、毎年1回は様子を見に来なければいけない決まりがあり、たまに天井が崩落して地上に穴が空いたりするとイタズラと冒険が大好きな子どもたちが迷い込んだりする。

こんなものを欲しているのはダンジョン研究に夢中な魔術研究者くらいしかいないのだが、彼らに管理を任せたところであちこちつついて回って余計な事故を発生させるのが関の山なので、冒険者ギルドは絶対に売りに出したりはしない。

つまりは「死んだダンジョン」は冒険者ギルドにとって厄介の種でしかないのだ。

「フレアさん？　いい子だからダンジョンを引き受けましょう？」

「いやですぅ」

「今ならなんと命名権も与えちゃうわよ！」

「『アンジェラダンジョン』なんて素敵じゃありませんかぁ？」

「むむむ……それなら『灼熱のゴブレット』がギルドに提供した財産もつけちゃう！」

「それってさっき三等分にしましたよねぇ？　大体、ヴィレオセアンのギルドが接収しようと、ポーンソニアのギルドが接収しようと、末端の我々には関係のない話ですぅ」

「本気で言ってる？　お給料が上がるわよ！」

「今も十分いただいてますからぁ」

「フレアさん！　お願い！」

「いやですぅ」

「——いえ、すばらしい提案じゃないですか」

と横から口を挟んだのは、

「ヒカルさん⁉」

ふたりのやりとりをさっきから聞いていたヒカルだった。

「ど、どうしたんですか……頭濡れてますよぉ？」

「あー、ははは。まあ、ちょっと……はっくしょん！」

先ほど寒中水泳を終えてきたヒカルは身体が冷えていた。風邪を引いてもポーラの魔法で無理やり治せてしまうとはいっても、身体がしんどいことは変わらない。

「——えっと、それで、ダンジョンの件ですがフレアさんが引き取りましょう？　ポーンドの冒険者ギルド管理にしたらいいと思いますよ」

「そうよね⁉　なかなかいいこと言うじゃない、この冒険者も」

アンジェラが我が意を得たりとばかりに乗ってくる。

「ヒカルさん……ダンジョンの管理というのは簡単なことではなくてですねぇ」

「それもわかります。でも僕はフレアさんのお給料が上がるということも大事なんです」

「……え？　ええっ⁉　私ですかぁ？」

「こんな遠いところまでやってきて得られたものはなにもない。それじゃあ、つまらないですよ。ダンジョンの管理は外部に委託することになるでしょうけど、それで仕事が生まれるわけですし、すべてがすべて悪いことではありません。フレアさんが引き受けなかったら他の誰かがやるだけのことですし」

「そ、それは……そうですけれど」

「フレアさんがこのダンジョンを捨て置いて知らん顔ができるような人ではないと、僕は信じています」

ヒカルは真っ直ぐな視線をフレアに向けた。

「うっ……う、ううっ……そ、それじゃぁ……わ、わかりましたぁ、ポーンド冒険者ギルドで引き受けますぅ……」

「きゃー！　やったわ！　聞いたわよね⁉　ここの残務は全部彼女に引き継いでね！」

飛び上がるほど喜んで、ギルドの調査団のお偉いさんを揺すぶるとアンジェラはスキップしながら出て行った。

「ははは……元気なことだ。ではフレア殿、そちらでここの管理を引き受けるということでよろしいかな？」

「わかりましたぁ……ヒカルさん、これは貸しひとつですからねぇ？」

「ふふ」

ヒカルは意味ありげに笑った。

「……フレアさんは僕に感謝することになると思いますよ」

とこっそりとつぶやいて。


その日のうちにアンジェラやギルドの調査団も引き上げ、フレアはダンジョンに関して今後どういう扱いにするかを集落の長に説明に向かった。そこには何食わぬ顔でヒカルとポーラもついてきている。

「おお、これはこれは……今後のことについての話でしたな？」

「はぃ。ここのダンジョンについては私の所属する王都ギルド、その二次組織である衛星都市ポーンド冒険者ギルドで管理することになりました」

「わかりました。今後はそちらに連絡をすればよいと」

「そういうことになりますぅ」

話が早くて助かる、とフレアは思った。

「では、そういうことで――」

「あ、いつごろ支所はできますかな？」

「──支所？」

長の言った言葉に、フレアは腰を浮かした状態で聞き返してしまった。

「はい。……ええと、支所をここに作るという話ではないのですかな？」

「いえ、それはありません。ダンジョンに利用価値があるならまだしも……ダンジョンが死んだとなっては」

「ええ？」

長が驚いた顔で、フレアを、次にヒカルを見る。

「どういうことでしょう、ヒカルさん……」

「え？」

フレアは視線を向けられているヒカルに顔を向ける。なぜ、ここで長がヒカルにたずねるのか。

「……さて、事情をすべて話す前に4人で行ってみませんか？」

「ど、どこへですかぁ？」

「もちろん──」

ダンジョンにです、とヒカルは言った。

怪訝《けげん》そうなフレアだったが、ヒカルに対する信頼はあるのだろう──言われるがままにダンジョンへとやってきた。

「ヒカルさん、あのぅ……中は真っ暗なので入れませんよぉ？」

「問題ありませんよ、行きましょう」

「えぇ……」

ヒカルにしては強引な物言いに、フレアは戸惑いながらもついてくる。

もはや誰もいなくなったダンジョン周辺だった。ヒカルを先頭にフレア、長、ポーラの順で長い階段を降りていく。

「ほらぁ、中は暗くて見えないじゃないですかぁ……」

「それは外の明るさに目が慣れていたからですよ」

苦笑交じりに言われ、フレアは目を瞬《またた》いた。

そして、

「え……えええええええええ!?」

じっと見つめると、ダンジョン内がほんのり発光しているのがわかった。

すでに入口から20メートルほどは下りてきている。この先の通路がぼんやりと浮かび上がって見えているのである。

「これでわかったでしょう？　ダンジョンは生き返ったんです」

これにはさすがのフレアも言葉を失った。

「さ、確認ができたら十分ですよね。モンスターも再出現するはずなので、入口に戻りましょう」

なにも言えないままのフレアと、ダンジョンが生き返ったことを喜んでいいのかわからないでいる長とを連れて元の家へと戻った。

「――ど、どういうことですかぁ⁉」

フレアの意識が戻ったのはそれから30分後のことだった。

「あ、しゃべりましたよ、ヒカル様！」

「結構かかったね。フレアさん、お茶が冷めたので淹《い》れなおしますよ」

「あっ、ありがとうございますぅ……じゃなくってぇ！」

「まあ、まあ、お茶を飲みながら話しましょう」

「も、もちろんですぅ、全部聞くまでポーンドに帰りませんよっ」

すごい目でにらまれた。フレアもこういう怖い顔ができるのだなと新たな発見をするヒカルである。

「それじゃあ、まずはダンジョンの構造についてですね――」

ヒカルは話し始めた。

このダンジョンは地下2層までの構成になっており、翡翠《ひすい》や砂金は採り尽くしたらおそらく終わりだが、モンスターは再出現する。

最奥の部屋にあった杯こそが重要で、杯を戻すことでダンジョンは再度活性化する。どれくらいダンジョンの活動が続くかはわからないが、そうそうすぐにどうこうはならないだろうと思われた。それほどまでに杯には魔力が満ちていたからだ——それがザッパの命と引き替えにした魔力かもしれないと思うと複雑な気持ちになったが。

(あの部屋にあったミイラも、大昔に、杯を使った儀式の犠牲者だったんだろうな……なんのために行われた儀式かはわからないけど)

湖に人魚の姿はなかった。少なくともヒカルが泳いだ範囲では見えなかったし集落の漁師たちも知らなかった。

(ひょっとしたら、残った数少ない人魚たちは全員儀式を通じて人間になってしまったのかもしれない……なんてね)

ヒカルはフレアに説明を続ける。

杯は「灼熱のゴブレット」のメンバーが密かに持ち出していたが、仲間割れして湖に投げ込んだので自分はそれを取ってきて、大急ぎで戻してきた、と。ただしショートカットの隠し通路についてはナイショだ。

「——というわけで、今はモンスターが出現しているはずです。ギルドで管理する場合は最奥の部屋に立ち入らないこと、いや、その手前の大広間やそもそも第2層に立ち入らせないほうがいいでしょうね。大量の半魚人モンスターを相手にするのは『灼熱のゴブレット』くらいのパーティーでないと難しいですから」

最奥の部屋への入口が封鎖されたとしても、隠し通路は生き残っているので、なにかあればヒカルは確認しに行ける。一応の安全策だ。

「なんでそんなことまでヒカルさんはわかったんですかぁ？」

フレアの疑いの目に、ヒカルは苦笑する。

「――『灼熱のゴブレット』のメンバーからいろいろと聞いたんですよ。彼らは彼らである程度ダンジョンの構造を分析できていたようですから……ただザッパさんが亡くなったので、ダンジョンを管理するとか、その秘密を公開するとか、そういうことはもう考えられないと……」

「あ……」

大ウソだったが、ヒカルは「灼熱のゴブレット」の名前を使わせてもらうことにした。彼らの名誉を傷つけるわけではないし、これから解散するであろう「灼熱のゴブレット」ならば追跡調査もできない。

「……そうでしたか」

フレアが同情して痛ましそうな顔をしたことについては良心の呵責《かしゃく》を感じたけれども。

「でもぉ……意味があるんですかね、ダンジョンを再活性化させて……」

「ありますよ。ああ、いや、多くの冒険者にとってはそんなに魅力があるものではないかもしれません。でもこの集落で生きる人たちにとっては重要な意味があります」

「重要な……？」

「厳しく長い冬にできる、お金稼ぎの手段になるということです」

「！」

するとと長も、

「ええ、なんでもモンスターを倒すと得られる精霊魔法石というものは、冒険者ギルドが買い取ってくださるのでしょう？」

とニコニコ顔だ。

ここでフレアはヒカルの狙いに気がついた。

集落の大人が総出で戦ったとしても、半魚人を少し倒せるくらいだろう。それでも冬の間、ほとんどなんの稼ぎもない彼らにとって現金を稼ぐ手段ができることは大きい。まとめて春に売るもよし、あるいはウワサを聞きつけた行商人が冬の間も来るかもしれない。彼らは、金になるところならどこへでも行く。

さらには最近の精霊魔法石の高騰だ。

半魚人1体が落とす精霊魔法石はさほど大きくないが、ダンジョン産のものは純度が高いことも多く、それなりの金額で買い取ってもらえる。

「——ダンジョンのメカニズムはまだまだ解明されていませんけれど、どうやら土中の精霊魔法石を取り出して運用しているダンジョンと、なんらかの方法で精霊魔法石を生成して運用しているダンジョンがあるみたいです。この周辺に精霊魔法石の鉱山はないから、おそらく後者だと思うんですよね。そうなるとダンジョンが活動している間は、この集落にとっていい収入になると——」

「あなたという人は……」

「——思うんです。え？　なにか言いました？」

ダンジョンについて語っていたヒカルに聞かれたが、フレアは首を横に振った。

この少年が考えたことの大きさにフレアは驚き——そして心が揺すぶられた。

ただダンジョンを再活性化させるだけでも大変な快挙なのに、彼はその先、どう使っていくべきかまで考えていたのだ。

この寂れた集落に活力を呼び込む方法としてダンジョンを利用しようというのだ。

もちろん、精霊魔法石の流通が細っている今、少しでも入手できればポーンド冒険者ギルドとしても高い貢献になる。

「……ヒカルさんの思いはわかりました。私、ヒカルさんに負けないように、ちゃんと勉強して立派な受付嬢になりますっ！　そして冒険者ギルドが、ちゃんと人々の生活を豊かにできるようがんばって活動しますっ!!」

ぎゅう、と両手を握りしめられ、おでこがくっつくほどの距離で宣言されてしまった。

「え？　あっ、はい」

「がんばりますからねっ！」

「が、がんばってください。その、いろいろと大変だとは思いますけど……」

「はいぃ！」

ヒカルはよくわからなかったが、やる気があるのは結構なことだと思って納得することにした。

こうして——ツェン＝ティ湖の集落には「人魚ダンジョン」という名前のダンジョンが改めて誕生することとなった。

エピローグ　日本は日本で大変です

ハーフレイスという存在はあまり知られていなかった。というのもその発生の仕方があまりにも特殊だからだ。

だがフレアはハーフレイスについてよく知っており、ポーンドまで帰る道中でいろいろと教えてくれた。

ハーフレイスは人ではないがゆえに長命であり、人であるがゆえに肉体の衰えが現れる。大体年齢が百歳を超えると肉体の維持が難しくなり、魔力や呪力《じゅりょく》の類《たぐい》で衰えを防ぐようになるという。

人に紛れて生活している者もあるが、大抵はモンスターとしての凶暴性が表に出てきて人間社会で罪を犯すようになり、逮捕される、あるいは討伐された結果、ハーフレイスだったと判明する——。

「…………」

ヒカルはフレアから聞いた話を頭の中で何度も反芻《はんすう》していた。

スケアが、ザッパのような冒険者に憧れていたのはウソではなかったと感じている。本気で、心の底から憧れていたのは、身体の半分をしめる「人間」としての本能によるものだったのかもしれない。

一方で、輝くザッパに近づく人間、あるいは敵を許さなかった。

ダンジョンで殺されていた女冒険者たちはスケアの仕業だろう。ザッパに関することを教えてやるとか言えば、彼女たちはやってきただろうし、スケアのような少年が相手では冒険者は油断する。

その凶暴性はきっとレイスの部分によるものだ。

そうなると第2層で殺されていた冒険者もスケアが犯人ということになる。陰ながらザッパに危害を加えようとしたのか、スケアの正体に気づいたのか、理由はもうわからないが。

（スケアはスケアなりに考え、人間とレイス、そのふたつを両立できる「完全双性《パーフェクト・ダブル》」を目指した……。でも、だからといって殺人が許されるわけじゃない）

ヒカルは「灼熱のゴブレット」に黒いウワサが絶えないことも思い出していた。

他のパーティーをダンジョン内で襲撃した疑惑がある、とか、ブラックマーケットで取引している、とか、禁制の薬物を取り扱っている、とかだ。

そのすべてがスケアの仕業だったのではないかと今になっては思う。襲撃や殺人はもとより、ブラックマーケットや禁制の薬物取引などは、彼が「完全双性」を目指す過程で手を染めたことではないのか。一介の冒険者なら相手にされなくとも「灼熱のゴブレット」の名前を出せば受け入れられただろう――そこから足がついた。

すべてが憶測ではあったが、この憶測はおそらく正解だろうとヒカルは思う。

犠牲になった人間がどれくらいいるのか――考えるだけで頭が痛いが、それを今さら解き明かしても仕方のないことだろう。真実は闇に葬られるのだ。

スケアは人魚伝説を聞き、それが「完全双性《パーフェクト・ダブル》」になるための手段になり得ると考えた。

あのダンジョン――「人魚ダンジョン」で最奥を目指したスケアは、変わらぬ憧れをザッパに抱きつつザッパに手を出す邪魔な冒険者を殺した。いつもなら手の込んだ死体の隠し方をするのだが、最後の大広間で激戦が始まるとそうもいかず、あの冒険者は雑に殺され、隠されたのだった。

スケアは財宝の部屋へ入り、あの杯を見つけたのだ。金になりそうなものを見て回る他のメンバーは、あんな素っ気《そっけ》ない杯には見向きもしなかった。スケアは財宝の部屋に並ぶミイラを見て人魚伝説は本物だと確信し、迷わずザッパの魂を捧げた……。

スケアの肉体はヒカルの攻撃に耐えきれず崩壊したが、レイスの部分はまだ残っているはずだ。彼は今どこにいるのか？　ヒカルにはわからない。

◇

ポーンドの冒険者ギルドマスターであるウンケンがフレアからすべての報告を受けたのは、また後日のことだった。フレアは先に王都のギルドに報告する必要があったから、ポーンドに帰ったのはさらに数日後だったのだ。

「──なっ……!?　新しいダンジョンの管理権限じゃと!?　それをヴィレオセアン側のギルドが譲ったというのか！」

「はぃ。一度は活動を停止したダンジョンだったので……」

「そして手を回してそれをやったのがヒカルだったというわけか」

うなずくフレアに、はー、とため息をついてウンケンは自分のイスに背を預けた。

「あの少年はなんなのだ。功績を考えたら冒険者ランクGからEへのランクアップなど小さすぎるぞ。せめてDにせねばならん」

「私もそう思いますぅ」

「じゃが3ランクの上昇など前代未聞じゃ。なにか依頼を挟んでから上げることになるが……ヒカルたちのパーティーは宿におるのか？　ここに呼んでくれ──いや、ワシから会いに行こう。ヘルタランチュラ討伐と合わせると成功報酬だって結構な金額になるぞ」

「…………」

「フレア？　どうした」

「それが、そのぅ……しばらく休みたいから放っておいてほしい、十分休んだらまた顔を出す、と……」

「………………」

ヒカルに会おうとすでに立ち上がっていたウンケンは、どさっ、と再度イスに座った。

「……バカ者め」

頭が痛い、と言う代わりにウンケンは暴言を吐いてから眉間を揉《も》んだ。

これにはフレアも苦笑するしかない。

「フレア、笑っている場合ではないぞ」

「……え？」

「『人魚ダンジョン』といったか。そこにこのギルドの支所を置くとして、常駐しないまでも支所で働く者の人選や建築の手配、それに買い取りに関する取り決めなどやらなければならんことはごまんとある」

「そ、それはウンケンさんの仕事で……」

「実際に現地に行ったのはお前しかおらんのだ。お前がやるしかなかろう。それにな、ポーンソニアの子爵とヴィレオセアンの役人が首を突っ込んできたのだろう？　あのダンジョンが生きているとわかったら、連中はまたぞろ権利を主張してくるぞ。そのあたり、双方が満足するように調停する仕事もある」

「えええええっ⁉　それも、わ、私がやるんですかぁ⁉」

「いろいろと大変じゃがお前しかおらん。頼んだぞ――あ、通常業務も忘れるなよ？」

「そんなぁ〜〜〜！」

フレアは声を上げながら、ヒカルの言っていたことを思い出した。

――が、がんばってください。その、いろいろと大変だとは思いますけど……。

まさか、彼はここまで読んでいたのだろうか？

だとしたら、

「……絶対にヒカルさんには埋め合わせしてもらいますぅ！」

フレアは決意を固くした。ヒカルには「貸しひとつ」なんて言ったが、ひとつでは全然足りなかった。

◇

「ヒカル！」

王都に戻ったヒカルと再会したラヴィアは、彼にくっつくとそれから3時間は離れてくれなかった。

思いのほかツェン＝ティ湖の滞在に時間がかかったこと、こんなに長期間離ればなれになったことがなかったこと、そのふたつが合わさってラヴィアの喪失感《ヒカルロス》は想像以上のものだったらしい。

「……次からはわたしも絶対いっしょに行く」

「ああ。遅くなってごめんね」

「……ヒカルからいつもと違うニオイがする」

「え？　なんだろう、服もなかなか洗えなくて汚れてるからかな」

「…………」

ラヴィアとしては「他の女にべたべたされなかった？」というカマをかけたつもりだったのだけれど素の反応が返ってきたので、そんなことをしてしまった自分が逆に恥ずかしくなってしまい、ようやく離れた。

「えっと……ラヴィア？　僕はその、そんなに鋭いほうではないのだけど、もしかしてすごく寂しかった？」

ラヴィアにしては珍しい嫉妬心なのでヒカルはまったく気づかなかった。

「さっきから言ってるもん、寂しかったって」

そしてまた珍しく子どものような口調で言うと、ぽかぽかとヒカルの胸を叩《たた》いた。

彼女の頭頂部に頬をのせ、その温かさを感じると——ヒカルはようやく「帰ってきたなぁ」と思えるのだった。

落ち着く間もなく、「東方四星」のアパートメントでたまたま空いていた予約制の風呂を使い、服を着替えるとヒカルはラヴィアとポーラを連れて外へと出た。

王都の夜は表通りこそ人通りが多いものの、裏通りには人はぐっと少なくなる。

そこをヒカルたちは歩いていく。こんな夜に若い者だけで出歩くとは珍しいなという目で見られたりもするが、慣れたものだ。

「え……もう日本に行くの？」

「ラヴィアはイヤだった？」

「ううん。うれしいけど……ヒカルとポーラが疲れていないかが心配。わたしは少し休んでからでもいいんだよ？」

スケアやザッパのこと、再稼働した「人魚のダンジョン」についてはかいつまんでラヴィアに話しておいたが、その後のギルドとのやりとりや冒険者ランクアップのことではなく、ふたりの疲れが心配だというのはラヴィアらしいとヒカルは思った。

「いやー……実はさ、12月に入ってすぐに『世界を渡る術』を使うってセリカさんには話していたんだけど、予想以上に時間がかかっちゃったわけでしょ」

「もう12月の10日よ」

日本とはほとんど暦は変わらないので、セリカはいつ連絡が来るのかとフラストレーシヨンが溜《た》まっていることだろう。

「それで急いでるのね？」

「まあね。僕らが帰ってくるのが遅くなったおかげで日本語は上達したんだろ？」

するとラヴィアはにこりと微笑《ほほえ》んだ。

「『細工《さいく》は流々《りゅうりゅう》、仕上《しあ》げを御覧《ごろう》じろ』よ」

「そんな言葉も覚えたの？　使い方がちょっと違うけど」

「えっ、そうなの？」

「『やり方はいろいろあるのだから、とやかく言わないで結果を見てくれ』みたいな意味合いだよ」

「ええ～……そっかぁ、残念」

しょんぼりするラヴィアにヒカルは苦笑したが、想像以上にラヴィアの日本語レベルは上がっているらしい。

「……まあ、他にも急ぐ理由はあるんだけどね」

「え？　なに？」

「ううん、なんでもない」

ヒカルは笑ってごまかした。

いつも「世界を渡る術」を使っている倉庫へとやってきた。何度か来ているが、ここだけ時間の流れが止まっているかのように、前と同じままだ。おかげで「四元精霊合一理論」を利用するのに、毎回同じ量の精霊魔法石で済んでいるので助かっている。

とはいえ、ここも誰かの持ち物のはずなので、どこかのタイミングで地下室でも借りて、空気中の魔力量の影響を受けないような仕組みを作る必要があるかもしれない。

「それじゃ、ポーラ……後はお願いね」

「ヒカル様とラヴィアちゃんがいないのは寂しいけど、留守は預かりますね！」

「セリカさんが見に行きたがってる年末のイルミネーションとやらが何日かはわからないけど、10日間くらいは向こうにいることになると思う」

「はい！」

ポーラは以前にも一度「世界を渡る術」を使ったことがあるので問題ないだろう。

魔術式の予備も3つ渡し、ヒカルは「四元精霊合一理論」に基づいた同一量の精霊魔法石4種を用意する。毎回変わらない分量だから10日後も同じで大丈夫だろう。

「よーし、開けるよ！」

もう術の発動も慣れたものだ。

金色の光が倉庫内を満たし、めりめりめりめりめりと空間に亀裂が走る。

そして日本の景色が目の前に――、

「……あれ？」

セリカの家の中につながると思ったのに、想定外のことにそれは屋外だった。

夜の住宅街。見覚えのある公園……ヒカルは自分の記憶を引っ張り出す。おそらくだが、これは葉月《はづき》先輩の家の裏にある公園だ。

なんでこんなところに？

「ヒカル様？」

「あ……いや、なんでもないよ。それじゃ行ってくる」

ヒカルが先に亀裂を通り抜け、次にラヴィアが通っていく。

ふたりはなにかを耳打ちし合っているが、その声は小さくて聞こえなかった。

亀裂の向こうとポーラとの距離は手を伸ばせば届くほどなのに、ふたつは別の世界なのが不思議だった。

「ポーラ。ここにセリカさんたちはいないようだけど近くにいるはずだから、探してくるよ。また1時間後につなげてくれる？」

「わかりました！」

ポーラが答えるとヒカルはうなずいて去っていった。

「ふぅ……」

ひとり、古びた倉庫に残されるポーラ。

誰かがこちらの世界に残らなければ術を使えないから仕方がないとわかってはいるが、残って待つのは寂しい。

（ラヴィアちゃんもひとりで待ってたんだもんね……）

本人が望んだことではあったけれど、ラヴィアもまた今日まで同じ寂しさを感じていたのだと思うと少しは心強くなる。それに今回は「東方四星」も戻ってくるのだ。忙しくしている間に10日なんて経《た》ってしまうかもしれない。

閉じていく亀裂を見つめながらポーラはそう思っていた——のだが。

「……え？」

風が吹き込んできた。

倉庫の扉は閉まっているはずだ。

次の瞬間、

「きゃっ⁉」

暴風が吹き荒れてポーラは横に飛ばされた。

亀裂が最後に閉じる瞬間——そこに吸い込まれていく薄紫色に発光するものを見た。

ポーラはそういったものをよく知っている。

ずばりそれは「悪霊」と呼ばれるものだった。

日本の地に降り立ったヒカルは周囲を見回した。確かに、葉月の家の裏手にある公園のようだ。なぜか、無人のはずの葉月の家に光が点《とも》っている。葉月と家族は、セリカと同じように超重要人物として費用は日本政府持ちでタワーマンションに引っ越したはず。きっとセリカが葉月の家にいるのだろう。

「まったく……こんなときに予想外の行動に出るんだから」

自分がスケジュールを延ばしまくったことは棚に上げてヒカルがそんなことを言っていると、亀裂から突如として風が吹いてきた。

ばりばりばりと空気の弾《はじ》ける音とともに、大きく広がった薄紫色の怨霊《おんりょう》。

そいつは、

『——くくくくっ』

笑った。

『くははははははっ』

楽しくて楽しくて仕方がないというかのように。

『やはりそうか、貴様、別の世界へとつながる方法を見つけていたのだな⁉』

その悪霊はかつて——スケアという名で「灼熱のゴブレット」パーティーに所属していた少年だった。肉体が爆散したために霊体だけとなっていた。

「………」

目を見開いて見上げるヒカルへ、スケアは高笑いする。

『その目！　驚きに見開かれる目！　すばらしいぞ。我は気分がよいので貴様は殺さないでやってもよい。なぜなら、異世界ならば我を「完全双性《パーフェクト・ダブル》」にする手段が見つかるかもしれぬでな！』

ゴウッ、と風が湧き起こり、ヒカルの髪を、服の裾をはためかせる。

『だが貴様の連れは食わせてもらおうか。あれほど魔力を持っている者ならばさぞかし食い応えがあろうなぁ……！』

「……バカな」

『くくく！　驚愕《きょうがく》に震えろ、怯《おび》えろ！　我を仕留めたと思っておったか⁉　貴様ごときにやられる我のわけが――』

「お前、もう少し賢いかと思ったのに……」

『……なに？』

「ここまで頭が悪いとは思わなかった。レイスになって今さら『完全双性』なんてないだろ？　大体ここは魔力のない世界だぞ？」

ぴたり、とスケアの身体が止まった。

「それにラヴィアの魔力量がわかるのに、どうしてこの魔法には無警戒なんだ？」

『いったいなんのこと――』

「──『常世《とこよ》に清浄なる光もて、昏《くら》く細き道を照らしたまえ』」

この悪霊が飛びだしてきてから、ラヴィアはすぐに詠唱を開始していた。ふつうに詠唱すれば長々としたものだけれど、新しい世界にやってきた興奮でスケアはまったく気づいていなかった。

離れた場所にいたラヴィアの身体が白く輝き、夜の公園を明るく照らし出す。

「『贖罪の聖炎《アトーンメント・フレイム》』」

スケアの真下の地面から砂煙が舞った──と思うと、直後には真っ白の火柱がゴウッと立ち上った。

『────────〜〜〜〜〜〜ッッ⁉』

スケアは絶叫を上げることすらできなかった。

「火」と「聖」属性の混合魔法《ミックス》であるこの魔法は、一般人が触れても熱くもなんともない。

だけれど邪悪なモンスターにはてきめんに効く。

炎が消えるまで数秒だったが、その後には影も形も残らなかった。

「ふー……ようやく死んだか」

「もう。びっくりしたじゃない。いきなり『なにか起きたらすぐさまアトーンメント・フレイムをお願い』なんて言うんだから」

「ごめんごめん。こっちに来るかどうかは半信半疑だったんだ……向こうに残したポーラは聖職者だから、彼女に手を出すほどバカではなかったろうけどね」

「あれがスケアっていう……ハーフレイス？」

ヒカルはうなずいた。

王都に着いたときからスケアの魔力を感じ取っていた。「スケアとの偶然の再会」なんてはずはなく、ヤツはヒカルの後を尾《つ》けてきたのだ。そして周囲に人が増え、近づいてもバレないだろうと高《たか》をくくって近寄ってきた——それがスケアにとっては命取りだった。

追いかけた結果逃がしてしまうのは、避けたかった。それこそ王都で逃げられたら何人が犠牲になるかもわからなかった。なるべく早めに済ませたかったので、王都で休む暇もなく「世界を渡る術」を使うことにした。こちらはあくまでも、隙を作ってみて襲いかかってくれれば討伐、こちらの世界に来なければ入れ替わりで向こうに戻る「東方四星」に倒してもらうつもりだった。

ヒカルはツェン＝ティ湖への道中、セリカと話すために一度だけ「世界を渡る術」を使った。あのとき感じた視線はスケアのものだったのだろう。夜に活動的になるレイスの特性があれば、離れた宿からもヒカルがなにかやっていたことを感じ取れたはずだ。

だからスケアは「世界を渡る術」に興味を持ったのではないかとヒカルは考え、その考えは当たった。

「さて、とりあえず向こうでやり残したこともなくなってすっきりしたことだし——セリカさんを呼ぼうか」

すでに葉月の家の電気は消えており、魔法の発動を感知したらしい「東方四星」たちが家から飛びだしてくるところだった——。

◇

ポーラが「世界を渡る術」を使うまではもう少しだけ時間がある——自分たちのマンションに戻ってきたセリカは、怒っていた。

「わかった!? そっちがどんなスケジュールだったとしても、12月22日には『世界を渡る術』を使って向こうとこっちをつなげるんだからね！　アタシはまたこっちに戻るんだからね！」

「わかりました」

「いい!? 絶対よ!?」

「わ、わかりましたって……」

ヒカルがだいぶ遅れてこちらの世界にやってきたせいで年末年始の予定が崩れてはたまらないと、そういうことらしい。

するとソリューズが苦笑して、

「ごめんね、ヒカルくん。セリカとサーラはどうしてもクリスマスとやらに夢と魔法の国に行きたいらしい……」

「ああ、国際的に有名なネズミのいるところですね」

「不思議だよねえ。こちらの世界には魔法なんてものはないのに、魔法を模倣しようとしている」

「そんなことより身体はなまっていませんか？　向こうは相変わらず物騒ですよ。それに『東方四星』あてのギルドの依頼が山盛りだと思います」

「あー……ははは。そうだねえ、少しはやっておかないと怒られてしまうね。そうだ。ヒカルくんたちも『東方四星』に入らないか？　そして代わる代わる依頼をこなしていくんだ。そうすれば君の冒険者ランクも上がる――」

「お断りします」

にこやかに、しかしきっぱりとヒカルは断った。

つい先日「灼熱のゴブレット」に勧誘されて揉《も》めたばかりだ。放っておいてほしい。

「それにしてもポーラさんが向こうに残っていらっしゃるのはうれしいですねぇ」

にこにこしながらシュフィが言った。

「久しぶりに袖を通した修道服ですが、やっぱりしっくりきますわ。こちらの世界でも一般的になればよいと思いますのに……」

「ポーラのこと、よろしくお願いします」

「はい。神の思し召すまま、ふたりでお勧め申し上げますわ」

シュフィは同じ教会出身であるポーラを可愛がっている。ヒカルはふと、ポーンソニア王国のナイトブレイズ公爵の息子、ガレイクラーダがシュフィに恋して捜し回っていることを伝えようかと思ったが、やめておいた。運命が味方すればふたりが再会することもあるだろう。

「それにしてもクジャストリア女王陛下の写真なんてどうやって撮ったのですか？」

「え？　ああ、ちょっと王宮の人に頼んだんですよ」

「はぁ……そうでしたか。あんな写真が入っていて驚きましたよ」

シュフィに聞かれ、ぎくりとした。

前回、スマホで撮影したデータはスマホごとこちらの世界に置いてきた。シュフィたちはさすがにあの写真がクジャストリアのものだとわかったらしい。

「――い～い？　最近の日本で美味しいファーストフードは……」

「――ふむふむ、奥深いですね……」

「――今やってる映画で絶対これはお勧めで、映画館は……」

「――映画館、一度行ってみたかったんです……」

サーラとラヴィアはふたりでこそこそ情報交換している。いつの間にこのふたりが仲良くなったのか不思議でしょうがないヒカルだが、ラヴィアの、日本への好奇心を刺激しているのはサーラで間違いないので放っておいている。妙な知識を植えつけそうだったら止めるつもりだけれど。

「それにしても、どうしてさっきは葉月先輩の家にいたんですか？」

ヒカルが聞くと、セリカが、

「自分の家を拠点にして活動してもいいと葉月に言われたのよ！」

「え？」

「このマンションじゃ狭かったし、あたしたちはどうしたって目立つから、それなら堂々と住んだほうがいいんじゃないかって考えてたのよね！　葉月もご両親も日本政府に提供されたマンション住まいが快適みたいよ！」

「あぁ、なるほど……」

「ヒカルがこのマンションを使うなら鍵を渡しておくけど？」

「い、いや、大丈夫です」

「そう！　――そろそろみたいね！　それじゃあたしたちは行くわ！」

一瞬、部屋の電気が明滅し、バリッ、と空気が震える。

世界と世界をつなぐ亀裂が開こうとしている。

「忘れ物はありませんか？」

「子ども扱いしないの！　年下のくせに！」

セリカに鼻をつつかれ、ヒカルはのけぞり、苦笑した。

黄金の光が立ち上り、空間の亀裂が開いていく。向こうにポーラの姿が見え、ヒカルたちを見て安心したのか笑顔で手を振っていた。

「それじゃ、お気を付けて」

「アンタも気をつけなさいよ！　日本は日本で大変なんだから！」

セリカは向こうの世界に持っていくらしいバッグを持ち、亀裂を超えて行った。

「ヒカルくん、うちのパーティーに入ること、真剣に考えてみてね」

「だからイヤですって……」

ソリューズは逆にたいした荷物もないのか、手ぶらで向こうへ行った。

「おふたりの滞在が安全で実り多きものでありますように」

小さく祈りを捧げたシュフィは、紙袋を持っていた。

「シュフィさん、その紙袋は？」

「はい。教会の仲間に見てもらおうと思いますの、この『マンガ』というものを」

「………………」

止めるなら今だぞ、という思いもあったが、まあいいかとヒカルはシュフィを送り出した。マンガ文化がポーンソニア王都に広がったら面白いなという気持ちもあった。

「それじゃラヴィアちゃん、またにゃ～」

「はい！　大変参考になりました！」

メモをしたらしい手帳を大事そうに抱えるラヴィアに手を振ったサーラは、身軽にひょいと亀裂を飛び越えた。

「ヒカル様！　また後日！」

「ありがとう、ポーラ。またね」

「ポーラ！　またね！」

「ラヴィアちゃん～！　ううっ、ううう～～～寂しいよ～！」

本音が出たのかポーラの目尻に涙が浮かんでいる。だけれどそのまま亀裂は閉じていった。

「…………」

「…………」

亀裂が閉じてしまうと室内は元の静けさを取り戻し、部屋の明かりも安定した。

「……ポーラ、泣いていたわ」

「すぐまた会えるから」

「ん……」

しんみりしてしまったが、ポーラには今回セリカが向こうに滞在しているうちに「世界を渡る術」のやり方を伝えてもらうつもりだった。

そうすれば次回はポーラもいっしょにこっちに来ることができる。

「たくさんお土産を買っていこう」

「……そうね。ポーラってなにを喜ぶのかしら？」

「うーん、こっちの聖書とか……」

「日本語が読めないじゃない」

そんなことを言いながら、ヒカルはセリカたちのマンションを出た。

頬をなでる夜風も日本のものだ。冷たいけれど王都よりはホコリっぽくはない。

こちらで10日ほどの滞在期間。

ラヴィアとふたりでなにをしようか——。

「!?」

そのときだった。

マンションの通路に出たヒカルとラヴィアを強いフラッシュライトが照らした。

「——やっぱり。やっぱり！　いたんだわ、他にも異世界からの旅人が!!」

そこには、一眼レフカメラを構え、興奮する女性がいた。

——アンタも気をつけなさいよ！　日本は日本で大変なんだから！

ヒカルの脳裏にはつい先ほど聞いたセリカの言葉がよみがえる。

日本という安全な国。

魔法や暴力とは無縁の世界。

ヒカルは安心しきって「隠密《おんみつ》」を使っていなかったのだ。

「これは世界的なスクープよ‼」

女性は叫んだ。

「あー……なるほど」

ヒカルは完璧に理解した。

確かにここは日本だ。安全とはいえ別の厄介ごとがある。

これは「大変」だぞ、と……。


〈『察知されない最強職 10』 完〉

ヒーロー文庫

察知《さっち》されない最強職《ルール・ブレイカー》 10

三上康明《みかみやすあき》

2022年4月10日　第1刷発行

発行者　前田起也

発行所　株式会社　主婦の友インフォス
〒101-0052 東京都千代田区神田小川町 3-3
電話／03-6273-7850（編集）

発売元　株式会社　主婦の友社
〒141-0021
東京都品川区上大崎 3-1-1 目黒セントラルスクエア
電話／03-5280-7551（販売）

印刷所　大日本印刷株式会社

ISBN 978-4-07-450810-5